PALESTINE

Né à Tunis en 1947 d'une mère d'origine algérienne et d'un père tunisien, Hubert Abraham Haddad n'a rien oublié de ses origines judéo-berbères. Auteur de romans et d'essais, dont *Le Nouveau Magasin d'écriture*, il a obtenu le prix des Cinq Continents de la Francophonie en 2008 pour *Palestine*. Hubert Haddad travaille actuellement à un nouveau roman, *Géométrie d'un rêve*, à paraître chez Zulma à l'automne 2009.

HUBERT HADDAD

Palestine

ROMAN

ZULMA

ISBN : 978-2-253-12444-3 – 1re publication LGF

I

Sur le bord de la route longeant la barrière électronique, le première classe Cham regarde s'éloigner le car pour Tel-Aviv. Quelques minutes plus tôt, une fois armes et fourniment déposés au poste central, il est ressorti tout joyeux avec son ordre de permission en poche. Ces trois semaines de liberté débutent par une journée perdue. Au lieu de remonter déclarer sa présence, désemparé, Cham descend d'un pas traînant jusqu'à l'observatoire d'angle où l'adjudant Tzvi attend la relève dans une guérite de béton armé.

— Ça tombe bien ! dit l'adjudant. On fera la ronde ensemble.

— Mais je suis en perm et j'ai pas d'armes !

— T'inquiète, on a tout ce qu'il faut ici.

— C'est pas très légal de mordre comme ça sur mon capital farniente...

— Et tu crois que c'est réglementaire de me laisser seul au poste ?

Le première classe Cham et l'adjudant Tzvi patrouillent maintenant de l'autre côté de la clôture de protection, fusil Galil en bandoulière. Tzvi fume une cigarette turque. Le crépuscule jette ses ors sur le bleu terreux des collines. À l'ouest, gommant peu à peu le fil tordu de l'horizon, on voit danser la silhouette d'une femme en équilibre sur un âne.

— Par ici, dit l'adjudant, il y a quand même moins d'ennuis qu'en face de Ramallah.

Le soldat acquiesce d'un soupir. Il considère la clôture métallique hérissée d'instruments d'alarme et de projecteurs qui court indéfiniment sur ces plateaux, entre une route bitumée et une bande sableuse que bornent un fossé déjà nappé d'ombre et des pointes de barbelés. Plus loin, dans son prolongement, à proximité de Jérusalem, du côté de Kalkiliya et de Tulkarem, on avait aligné de hauts boucliers de béton sur des kilomètres au lieu de cette espèce d'habillage d'autoroute en pleine cambrousse. Cham tourne un visage ébloui vers les reliefs abrasés de soleil qu'achève une trouée à pic sur la montagne d'Hébron. Sous l'intense réverbération, les collines pierreuses se perdent en ondoiements. Une explosion secoue le sol, assez distante pour ne rien troubler ; seul un vautour quitte son perchoir et va s'abattre à cent mètres, sur les ruines d'une bergerie. Cham regarde le ciel. La mort guette comme ces rochers. Comme ces étoiles aussi dans la partie fêlée du jour.

— Là-bas ! s'exclame son chef. Là-bas, sur la bourrique…

— T'inquiète ! C'est une vieille qui rentre au bercail. Je l'ai déjà vue hier…

— Ça fait combien de temps que t'es affecté à la ligne ?

— Trois mois. C'est tout neuf pour moi le terrain…

Tzvi jette sur lui un coup d'œil soucieux. Il semble évaluer le maigre soutien de cette bleusaille en cas de pépin. Musculeux, tout de cordes nouées, l'adjudant se déplace en dansant presque, un peu voûté, pour conjurer le fond hostile de l'air. Des paysans chargés de sacs et d'outils, surtout des femmes, se dirigent sans hâte vers le passage sécurisé, à trois kilomètres de là. Tzvi a saisi instinctivement son arme.

— C'est idiot, leur histoire, dit-il. Les oliviers d'un côté, le village de l'autre...

Cham hausse les épaules. Il pense à sa mère cloîtrée dans sa nostalgie, à ses camarades du département de biologie animale, à la rousse Sabrina qu'il aurait pu aimer, à tous ses amis de Jérusalem. À son frère Michael aussi. Malade de solitude depuis son divorce, écœuré par l'enfermement belliciste des partis au pouvoir et de l'état-major, sans plus d'énergie pour peindre, il avait délaissé son atelier de la ville neuve pour aller se réfugier dans une cabane branlante du faubourg arabe, parmi les oliviers.

Sans motif, lui revient l'épisode de la veille, dans la zone occupée d'Hébron. En mission d'accompagnement d'un officier supérieur, libre de son temps quelques heures, il s'était longtemps promené autour du Tombeau des Patriarches. Une ribambelle d'enfants encombrait à ce moment le parvis de la mosquée. Soudainement, avant qu'il réagisse, son portefeuille avait glissé d'une poche intérieure. L'un des gamins s'était jeté au sol pour déguerpir aussitôt. En quelques secondes, malgré ses cris, une foule de pèlerins avait englouti la mince silhouette.

Cham plisse les yeux sur les collines. Au-delà de la clôture, en contrebas du plateau, les déplacements des troupeaux de chèvres et de moutons couleur de sable modifient le paysage, un peu comme l'ombre de nuages. Encore en construction, une boucle de la ceinture électronique sépare les villages arabes – qui se déploient à l'ouest – de la colonie de peuplement Ber Schov déjà campée sur ses fortifications. On aperçoit les lumières d'Hébron plus au nord, à peine une constellation dans un coin tombé du ciel. En limite d'horizon, au-delà d'une lame de ténèbres figurant la mer Morte, les brumes du soir noient la dentelle mauve des montagnes du Moab.

— C'est bon, dit l'adjudant Tzvi. On rentre se dégoupiller une canette bien fraîche.

Il tourne les talons sur ces mots et vacille, le visage tordu d'effroi. Cette seconde de surprise lui laisse à peine le temps de rempoigner son arme. Mais une balle lui troue le front avant qu'il ne tire. Son grand corps s'affaisse avec un craquement d'arbre. Dans sa chute, une crête de sang lui recouvre le crâne. Face la première, l'adjudant n'a pas encore touché le sol. Cham connaît cette fausse lenteur : une stupeur sans nom freine chaque seconde. Paralysé par cet effet de ralenti, il capte toutes les facettes de l'instant. Un commando vient de s'infiltrer jusqu'au « mur », à travers la rocaille. Deux ou trois hommes le cernent dans la pénombre. Il braque son fusil sur l'un d'eux par réflexe. Un tracé d'étincelles joint les contours bleu nuit des silhouettes. Le coup a fusé en sourdine et résonne, très loin, dans les collines. Plusieurs détonations lui répondent en écho. Sur le ventre, paumes ouvertes, Tzvi est maintenant bien étalé à ses pieds. La poussière du heurt retombe encore. Cham n'a plus le temps de contempler les autres facettes du diamant. Une balle a touché son épaule gauche, une autre a glissé sur sa tempe. Ce n'est pas douloureux. Une sensation de choc sourd et d'épanchement. Quelqu'un gémit parmi ses assaillants. La violence consommée a une étrange douceur. Tout se passe dans une boucle du temps qu'aucune raison ne contrôle.

On a couvert sa tête d'un keffieh. Des bras l'enserrent et le poussent. Une sorte de panique distraite lui coupe le souffle. Il cherche du bout des doigts son fusil. Avec une même sensation d'insondable dénuement lui reviennent à l'esprit les secondes où, la veille, sur une place d'Hébron, son portefeuille avait disparu, sa carte bancaire, les photographies de sa mère et de Michael, ses papiers d'identité. Mais on l'entraîne loin de Tzvi. Peut-être n'est-il pas mort ? Il faut sauver l'adjudant Tzvi, gommer la balle au front et ravaler tout ce sang. Il suffirait de remonter le temps, quelques minutes à peine. De mettre le petit doigt dans le cadran comme il faisait enfant. Puis de pousser en arrière les aiguilles, mille fois, dix mille fois, jusqu'à ce que tous les morts se relèvent.

On le bouscule comme un mouton. La douleur sort sa tête d'aspic de l'épaule. Elle brille et siffle à ses oreilles. Vite, elle l'envahit comme la nuit scintillante et perd bientôt tout contour. Cham râle avec la voix d'un autre. Il appelle sa mère en arabe. Un rire nerveux couvre sa voix. Qui se moque de lui ? Ses paupières battent contre une toile rêche. Tout s'estompe, les bruits, les sensations. Un brouillard monte, submerge toute chose. Personne vraiment n'existe. Il dort, il est peut-être mort.

On traîne des sacs d'ossements ou de plumes quelque part. Les ultimes éclats d'un rêve se perdent en cris, en fusillades. Tout s'éteint enfin au plus noir. Qui parlait d'amandiers, de villages, de frontières ? L'aveugle s'est fondu dans l'aveugle. Sans conscience, une heure ou vingt siècles s'équivalent.

Puis soudain, en un point douloureux, le monde resurgit. L'éveil a une odeur de cave. On lui a ôté son masque. Sa nuque s'est raidie au sortir du gouffre. Couché sur un matelas, le bras en écharpe, il comprend mal encore. Deux silhouettes flottent dans l'obscurité. Une troisième grimpe pesamment les niveaux d'une échelle. Le grincement d'une trappe qu'on ouvre se résout en un flot de clarté oblique. Cham y voit un peu plus clair. Ses lèvres et ses doigts frémissent sans raison comme un duvet d'oiseau ou les moustaches d'un chat. Il respire avec difficulté. Un liquide poisseux coule sur sa tempe. Lancinante, une brûlure lui creuse l'omoplate.

Le malaise et la peur réduisent son champ de perception. Il y a d'un côté sa claustration, ses blessures, la mort de Tzvi. De l'autre ces gens armés, cette cave, un vieux matelas de paille sur lequel il découvre qu'un autre homme râle doucement, plié en deux. La trappe se rabat. Quelqu'un descend l'échelle dans l'obscurité et, parvenu en bas, gratte nerveusement des allumettes. Une, puis deux petites flammes éclairent l'intérieur rouillé d'une assiette, des mains qui s'écartent, un mur inégal où de pâles figures se dessinent.

— *Ind' souda !* se plaint le nouveau venu.

— C'est que tu es vivant, lui répond-on. L'autre, lui, n'a plus de migraine...

À la lueur des bougies, les silhouettes s'étoffent. Des visages prennent forme et couleur. Des voix ajustent leurs souffles.

— *A tini oulbata saja ir*...

— Dans ma veste, près de toi.

Extrait d'une poche et aussitôt déchiré, le paquet de cigarettes passe de l'un à l'autre. Une allumette craque entre les profils rapprochés.

— Tu en veux une ? demande le plus âgé.

Incertain de l'adresse, Cham hésite à répondre. Il tend sa main libre cependant.

L'Arabe se lève à demi pour lui donner sa propre cigarette avant d'en rallumer une. Un pistolet-mitrailleur MP5 sur les genoux, il est assis sur une caisse de fruits ou de conserves frappée d'un sigle de l'*Egypt African Co*. La fumée s'élève en colonnes inégales que seules froissent les respirations dans l'air stagnant.

— On ne peut pas le laisser comme ça, dit l'homme assis. Il va crever dans la nuit.

— On va tous crever par ta faute, répond l'autre. Fallait pas tirer !

Accroupi sur le matelas, Cham constate que les flammes et les volutes sont soumises aux mêmes fluctuations. Une écœurante odeur de sang s'est répandue dans la cave. Les deux hommes dialoguent d'une voix ponctuée de silences et de soupirs. Leur compagnon blessé qui gît sur la paillasse revient sans cesse dans leurs propos. Bien que lui-même soit affalé juste à ses côtés, le bras gauche en écharpe, personne ne semble le prendre en compte. Il enregistre au passage les noms des fedayins : Tarek, le plus vieux, et Cha'bân, le type au MP5. Plutôt grand, les cheveux ras, celui-ci porte une barbe en collier et des lunettes rondes. Une cicatrice lui mange la nuque et l'oreille gauche. Grisonnant, la cinquantaine, son acolyte l'observe intensément, comme s'il cherchait une impossible connivence. Sur le qui-vive, il effleure d'une main nerveuse la crosse d'un revolver fiché dans sa ceinture. Des éclats de voix tombent de la trappe. Cham croit se souvenir d'un quatrième assaillant vêtu d'un keffieh et d'une gandoura. Par quel prodige ont-ils pu décamper malgré les systèmes d'alarme et les tours de contrôle ? Une faille, un moment propice de confusion a dû s'offrir dans le vacillement brusque du jour à la nuit.

Ils sont au moins trois là-haut. Est-ce déjà l'aube ? La douleur va et vient, seule vraiment identifiable. Une chose lui semble avérée : on va se servir de lui ou l'abattre. Tarek rallume une cigarette avec son mégot qu'il jette ensuite dans le goulot d'une bouteille de bière presque vide. Ses kidnappeurs n'appartiennent pas au Hamas, ni au Jihad islamique. Peut-être un commando des Brigades des Martyrs al-Aqsa ou des Faucons du Fatah. Mais ces derniers opèrent plutôt dans la bande de Gaza. Ou encore un groupuscule armé dissident plus ou moins révolutionnaire comme il en existe des dizaines en Cisjordanie. Quelle différence pour lui, à vrai dire ? Il ignore tout des multiples facteurs de combativité, de ressentiment ou de spéculation des uns et des autres. Le cadavre à côté de lui commence à se rigidifier, bouche ouverte. Son visage a-t-il été tourné vers La Mecque ? Le désarroi des survivants explique toutes les négligences.

Cham se demande qui a bien pu nettoyer ses plaies et bander son épaule dans la nuit, le gaillard au MP5 ou le vieil homme désemparé ? Sa poitrine d'un coup se creuse à la pensée physique de la mort. Des images d'exécution sommaire défilent en lui chaotiquement. Alors qu'il voudrait bondir, un sursaut de panique le redresse à peine sur ses genoux ; il s'aperçoit qu'une corde entrave ses chevilles et ressent comme une paralysie. L'aurait-on drogué ? Il voudrait appeler. L'état de choc a parfois des effets narcotiques. Sa cigarette consumée jusqu'au filtre roule au sol. Il distingue un point de braise près de la caisse en bois. Ses yeux clignent un instant. Sans force, il retient son souffle. Sa tête a glissé contre l'épaule du cadavre. Le sommeil l'englue bientôt dans l'odeur froide de la mort.

2

La marche dans les collines s'interrompt après des heures. C'est Cha'bân qui a stoppé le mouvement. Depuis le coucher du soleil, la colonne somnambule avançait sans un murmure à travers les bois d'oliviers et les sentiers de chèvre.

— *Hounaka ila-l-yamin !* a dit Cha'bân.

Mais rien de précis ne se distingue à droite. Tarek est allé voir d'un pas tranquille.

— Bon œil ! lance-t-il, déjà loin.

La colonne le rejoint mollement. Une ombre fluette s'est détachée des décombres d'une bergerie et avance d'un pas souple à leur rencontre. Mains liées et visage cagoulé, Cham a trébuché longtemps dans les sentines avant de trouver un équilibre d'aveugle. Il se souvient des hurlements de chacals ou de chiens sauvages, des éveils criards d'étourneaux dans les arbres, de l'étoffe froissée du vent sur ses mains ou sa gorge. La lune s'est levée. Désormais, il suit Tarek dans la pierraille. Le guide et deux autres individus pénètrent à l'intérieur de la bâtisse. L'un d'eux l'a poussé en avant et dénoue le foulard qui le masque. Un autre lui ordonne de s'asseoir au milieu de gravats. Une lampe à huile éclaire faiblement l'endroit. Sur un côté, une toile de tente bâche la pièce béante, toit et murs à demi détruits. L'otage croise ses doigts sous le lien de corde. Le chant tout proche des grillons et la palpitation d'une étoile dans un interstice auront suffi à l'apaiser. Même si on l'abat tout à l'heure, il voudrait s'en persuader, ce sera sans haine. A-t-on moins mal sans haine ?

Le jeune garçon venu les accueillir le scrute avec animosité. Très beau malgré une denture mal plantée, il parle à mi-voix sans le perdre du regard. À ce moment, baissant les yeux, Cham découvre qu'on a subtilisé ses habits. Au lieu de l'uniforme militaire taché de sang, il porte un vieux pantalon de toile grise et une sorte de saharienne à manches longues. Même sa montre a disparu. Mais il reconnaît ses souliers avec une émotion absurde. Autour de lui, les visages se rapprochent, traversés d'éclats sombres.

— *Ma's mouhou ?* demande le jeune garçon.

Les têtes se tournent vers l'otage. Ce dernier a compris la question mais s'en cache par défiance.

— *Your name !* reprend Cha'bân.

Cham ne souffle mot, effrayé, la tête penchée sur l'épaule. Il s'oblige une fois encore à se remémorer l'épisode de la veille, ses papiers volés devant le Me'arat Hamachpelah, le vain recours auprès de l'officier supérieur afin qu'il lui permît d'établir une déclaration de perte ou de vol. "Vous vous débrouillerez pendant votre permission", lui avait-il répondu, pressé soudain de regagner le chantier des frontières.

Par chance, un bruissement de cailloux divertit les fedayins. Tarek empoigne son pistolet-mitrailleur. Dans l'angle mal fermé d'une porte de fortune, apparaît une longue tête cornue aux prunelles jaunes.

— Le diable nous visite ! s'exclame Cha'bân.

D'un coup de torchon, le jeune berger chasse le bouc déjà à mastiquer la pointe d'un tapis de cordes. Son rire d'enfant est vite partagé. Il a servi un thé noir dans des bols. Cha'bân observe le petit lac fumant entre ses mains.

— On ne doit pas s'attarder, dit-il. Avant peu, toute la région sera sous le feu de Tsahal.

— Quel est ton plan ? demande l'autre.

— Quel plan ? On se cache comme on peut, dans les grottes, les caves, chez l'habitant.

— Ça va bientôt grouiller de soldats, il y aura des barrages partout.

— On a échoué, il nous les fallait vivants tous les deux. Maintenant il s'agit de se terrer autour d'Hébron...

— Et lui alors ? demande le berger aux dents mal plantées.

— Personne ne le connaît. La radio a parlé d'un adjudant tué, c'est tout. Un dénommé Tzvi Sofaer...

— C'est quand même bizarre ! s'écrie un homme roux jusque-là silencieux.

Les autres se taisent, les yeux fixés sur les ondulations de la bâche.

— Ceux du Fatah nous cherchent, poursuit-il. Ils ne vont pas nous épargner.

— De ce côté, nous sommes tranquilles pour un moment, dit Cha'bân d'une voix morne. L'ennemi va soulever assez de poussière…

Le rouquin hoche la tête en désignant la brèche du toit.

— On va laisser passer l'orage.

— Avant de se séparer au plus vite, il faut se débarrasser de celui-là ! conclut Cha'bân. Qui s'en charge ?

Personne ne répond. Des mâchoires se crispent ; Tarek crache sur la paille.

— Connerie ! On tenait notre monnaie d'échange !

— Je répète que ce Juif n'existe pas : il ne sert plus à rien.

— Attendons un jour ou deux, dit l'homme roux. Tout ça est louche. On peut le cacher par ici ?

Le jeune berger profère une sorte de gloussement.

— Oui ! Derrière la colline, dans le cimetière abandonné. Tous les villageois sont partis. Il n'y a plus que mes chèvres et le gitan qui amasse sa ferraille près de l'ancien pressoir…

— Tu veux l'enterrer vivant ?

— Dans un coin, il y a une fosse sous un petit monument qu'on appelle le Tombeau du chrétien.

— Cinq heures déjà ! s'inquiète Tarek. C'est bientôt l'aube.

— Je m'en occupe, assure l'homme aux cheveux rouges. Le berger va me guider.

Les deux fedayins se sont levés, soudain accablés. Ils lancent des adieux hâtifs et disparaissent dans la nuit délavée.

C'est à coups de crosse que le rouquin fait sortir l'otage cagoulé. Le chevrier les précède d'une démarche oblique. Il considère d'un œil mi-clos les pentes où tremblent les feuilles argentées des oliviers dans la pénombre du petit jour. Mais cieux et tympans brusquement se déchirent : l'espace d'un clignement d'œil, deux avions de chasse joignent les antipodes. L'homme roux a plaqué l'otage au sol, lui-même allongé à ses pieds. Une double volute de fumée s'embrase et s'éploie dans l'azur sombre. Le jeune berger resté debout vacille, les jambes écartées, comme frappé par la foudre. Il pousse un cri rauque et tombe à la renverse. Ses bras et ses jambes se raidissent ; ses yeux se révulsent ; il expire d'un coup tout l'air de ses bronches. Mâchoires crispées, des secousses d'électrocuté le traversent. Une écume s'écoule entre ses mauvaises dents. Il se détend presque aussi vite : le courant ne passe plus. Le voilà qui ronronne du fond du sommeil puis s'étrangle dans un hoquet. Le fedayin affolé le secoue en vain. Il jette des coups d'œil furibonds sur le ciel et les bas-côtés où frémissent les graminées.

— Toi, ne bouge pas ! ordonne-t-il à l'otage toujours à plat ventre dix mètres plus bas.

Son arme au poing, il s'est redressé. Le silence des collines a longtemps répondu au fracas des réacteurs. Un oiseau traverse en piaillant un coin d'azur ; le bruissement des eucalyptus et le chant des grillons restituent peu à peu les distances. Le jour accroche chaque poussière. Une douce ignition s'étend sur l'herbe et la pierre.

— Allez, debout ! dit-il. On va bien trouver cette fichue tombe.

Dans le poudroiement ocre du petit matin, le paysage s'épanouit en éventail, avec ses terrassements méandreux où s'alignent les oliviers. La corne d'une lune pâlie désigne, très loin, les faubourgs indéfinis d'Hébron. Au pied de la colline, autour d'éminences moindres, les vestiges d'un bourg et le tracé calcaire d'anciennes closeries se perdent en vis-à-vis d'escarpements çà et là excavés de grottes aux contours géométriques. Un champ de pierres dressées qu'un muret entoure s'étend à main gauche, entre deux routes crevassées où s'amasse la poussière.

— C'était un village heureux, dit pour lui-même le fedayin rendu nerveux par de mouvantes réverbérations sur la ligne d'horizon.

Il pousse son prisonnier sur la pente. Derrière le mur, l'ombre de stèles éparses s'étend sur la terre sèche. Un palmier coiffe le dôme blanc d'un mausolée. Au fond du cimetière, tout effrité sous un rideau de broussailles, un tombeau à pilastres de style colonial s'accote au parapet dans un angle que défonce à demi le tronc d'un grand figuier. Après un raclement de planche ou de tôle, les mains ligotées, Cham n'a que le temps de la stupeur : un canon planté dans le creux des omoplates, il mâche un pan du foulard qui l'aveugle. À travers le tissu, l'air a un relent de sueur. L'attente du coup de feu s'éternise, vrillée d'images décousues. À vif, la douleur à l'épaule lui servirait presque de repère. Le vent porte l'appel d'un muezzin peut-être illusoire, né des anfractuosités. Bientôt un bourdonnement de moteurs pointe et enfle, vite appuyé d'un cliquètement de chenilles métalliques. L'homme crache une insulte. Un coup violent projette l'otage dans la fosse.

Tombé sur le ventre contre un tapis de poussière, Cham comprend mal son sort. Une porte est rabattue, là-haut. Sous son bandeau et ses liens plusieurs fois renoués, entre deux défaillances, il n'a perçu jusque-là que des bribes du monde, des paroles, des fragments de paysage. Pour l'heure raidi au fond d'une autre cavité, à cru dans la pierre, il tente de recouvrer sa respiration. Le choc en chutant face contre terre a dû briser des os, l'arête du nez, des côtes ou les vertèbres. Du sang dans la bouche, il bouge faiblement la nuque et gémit.

Dehors, le ronflement des moteurs s'est amplifié ; le bruit particulier des blindés en manœuvre sur la caillasse est subitement amoindri par le fracas d'un hélicoptère venu surplomber l'endroit en vol stationnaire. Le sifflement des rotors imite le sang qui bat aux tempes. Des rafales de mitrailleuses lourdes retentissent. Cham se blottit dans la fosse. Le peu de conscience que lui laisse son état esquisse un vague décor : les fedayins traqués, ces collines perdues, la riposte attendue de Tsahal. Mais il ne parvient plus à restituer l'ordre des événements. La chronologie se perd en flottaisons. Ses dents claquent comme la mitraille. Faut-il disparaître de soi, des buées du corps et des souvenirs plus raréfiés que l'air ? Les heures se succèdent, cycloniques, ravivant aux moindres faiblesses du cœur les braises du délire. Rattrapé par la fièvre, il expectore d'étranges caillots reptiliens. Un trouble mortel fore ses organes. Ses paupières brûlent d'un feu ancien. On dirait que des chacals sanglotent. Un tel tremblement de tout l'être pulvérise les images : le gouffre a bu son sang et la mémoire. Au fond de lui des noms s'éparpillent en syllabes balbutiées : mamma Quilla, Sabrina, Michael... Qui étaient Tarek et Cha'bân ? La fraîcheur du sol traverse la toile enroulée sur sa face. Ses mains nouées frottent une matière poudreuse mêlée de résidus ligneux, ossements ou nœuds de planches putréfiées. Une senteur d'épices, girofle et cannelle, atténue l'odeur âcre de l'étoffe et celle plus doucereuse du sang vicié qui émane de son corps. À bout de forces, cœur et membres rompus, il s'abandonne et perd conscience. L'imagerie cérébrale s'effiloche en plans fixes : pierres grises, oliviers noirs, débris de remparts, cortèges de mules, vignes étagées... Quelle vie tremble derrière la vie ? Hébron, Jéricho, Jaffa, Jérusalem – les noms des villes résonnent obscurément. Un poids l'écrase ; il s'enfonce dans la lourdeur inconnue. Ses paupières crissent comme des criquets. Plus rien ne sépare les entrailles du visage, la moelle des os de l'épiderme. Un lac miroite au désert, mirage de larmes dans l'orbite d'un crâne. Sa mère inatteignable est comme la douleur qui le tue.

Il ne transpire plus. Quelque chose se déchiquette et s'éparpille autour d'une vague souvenance. Plus un bruit bientôt, même le pouls cesse son feulement temporal. Une odeur de brûlé monte de ses hardes ; cependant, il grelotte. La glace s'insinue des pieds vers le ventre. La soif est trop cruelle. Un froissement d'étincelles remplace la mémoire. Lunes et soleils tourbillonnent sur ses lèvres. Sommeil de l'agonie ! La nuit doit être entière. Hormis ce picotement au bout des doigts, tout sentiment l'a quitté. Il n'entend pas l'orage qui s'abat, longtemps après les bombes. L'absence ne se nomme ni ne s'esquisse jamais. À peine les ténèbres désignées, c'est l'œil qui cligne. La lame la plus fine tranche entre l'instant nouveau et l'oubli sans fond. D'un coup le néant ravale les milliards d'années et recrache au hasard un soupir de résurrection.

L'œil a vraiment cligné. Un jour et une nuit ont noyé sa fièvre et dilué sa frayeur. De l'eau de pluie traverse le keffieh et mouille son visage. Ses lèvres suçotent l'étoffe. *Chanson d'avant*, le murmure de l'averse – mélodie de papier froissé. Le bruit le désaltère plus que le tissu. La douleur électrique semble être passée dans la terre. Si dolent, il n'a plus vraiment mal. À force d'être mordu, le foulard se délace. Cham ouvre les yeux par-delà les nébulosités qui se fendent, là-haut, d'un rai bleuâtre. La vue faiblement lui revient, après l'ouïe. La pluie a cessé ; des passereaux piaillent. Le cri aigu du soui-manga se module en notes brèves : *dju-huii tchihu, tchi-tchi-tchi-tchi*. Aujourd'hui où es-tu ? “Ici, ici, ici”, se répond à lui-même l'oiseau de Palestine.

Comment dénouer ces liens ? Avec l'accentuation du jour dans les fentes, des sortes de mandibules inertes se dessinent le long de parois obscures, des pattes de crabes ou d'araignées géantes. Maintenant que le masque a glissé, il mordille la cordelette entre ses poings, cherchant les nœuds, l'entremêlement. Nulle hâte dans cette activité : il mâchonne la corde comme l'ouaille un carré d'herbe – sans notion d'évasion, simplement pour ôter l'entrave. Rien ne l'habite que la stupeur d'être là, dans cette fosse à l'odeur de cannelle et de putréfaction. Espèce de remords organique, la faim et la soif le taraudent. Sans autre image, l'inaccompli l'étreint d'une légère constriction ; il a manqué son rôle dans la suite des jours, mais quel rôle ? Une nostalgie au goût de sang pèse sur sa gorge. Les mains libérées d'un coup s'écartent ; elles heurtent de part et d'autre les murs du tombeau. Défaite, la corde a glissé sur sa poitrine. Est-elle assez longue pour servir encore ? Plus sûres, des racines tentaculaires d'eucalyptus ou de figuier sortent des parois. Il parvient à s'agenouiller et s'appuie contre le ciment crevé pour se mettre debout. Suspendu aux racines, un pied sur chaque paroi, il se hisse. Le couvercle de zinc grince et se rabat bruyamment sous l'étroit péristyle de pierre rouge qui coiffe la fosse.

Couvert de poussière, le keffieh sur les épaules, il trébuche dans la lumière du matin. La broussaille autour de lui, ces murets ruinés et les pierres dressées des tombes arabes ne lui évoquent rien de précis. Il ne connaît décidemment pas ces lieux. Que fait-il si tôt, plus seul qu'un épouvantail, dans ce cimetière abandonné ? Un couple de pies se chamaille sur les branches du figuier. Les collines vaporeuses oscillent alentour. Pris de vertige, il marche parmi les tombes. Rien ne ressemble à l'oubli profond. Le ciel s'incline contre trois pans de rocaille. Un vol de vautours traîne des ombres mortes dans l'azur. Il chancelle, une énigme en travers des orbites. Ce monde a l'éclat brut du destin. Il chancelle et s'écroule enfin, la face dans les signes.

3

Il a rouvert les yeux dans un espace clos, une chambre basse aux murs chaulés. On l'a couché sur un lit de camp, une couverture pliée sous le menton. Il observe les miroitements du soleil contre les carreaux d'une étroite fenêtre. De part et d'autre, accrochées à des clous, des tresses d'ails et de piments séchés pendent comme des tentures. Sur un petit banc de paille, un keffieh taché de sang voisine avec une veste saharienne en lin écru. Il s'aperçoit qu'il est nu sous le drap. Le reste de ses habits s'amasse au pied du lit. Instinctivement, il cherche une médaille absente à son cou. Mais quelqu'un vient ; on monte les marches raides d'un escalier. Il distingue un lent et lourd pas d'homme et un autre, plus léger, ralenti par le premier. Cet instant brûle en lui des impressions infiniment lointaines. Tout lui semble irréel, impossible. Qui est-on, sans mémoire ?

Vieux et replet dans un complet-veston informe, le col sale noué d'une cravate à rayures, le premier à sortir de l'ombre affiche un sourire fatigué sous d'épaisses lunettes de myope. Une femme le suit, un voile noir jeté à la hâte sur la tête et les épaules.

— Il a repris connaissance, dit-elle en arabe.

— Je vais l'examiner, murmure l'homme en tirant un coin du banc vers le chevet du lit.

Assis, il a ouvert sa trousse et manipule un stéthoscope.

— Comment vous sentez-vous ? demande-t-il à tout hasard.

Les mots lui sont intelligibles, mais guère le lien utile impliquant une réponse. Il observe les mains énormes qui l'auscultent et la silhouette en retrait, figure de deuil découpée dans la clarté naissante. Le voile a glissé sur le visage. Des yeux noirs pleins d'ombre, eux-mêmes voilés, errent le long des murs. À ce moment l'appel à la prière fait vibrer les vitres.

— On vous a retrouvé mal en point devant ce qui reste du cimetière de Tall as-Safi, dit le médecin. Amoun le ferrailleur a buté sur vous. C'est un vieux gitan inoffensif qui écume les maisons détruites par l'occupant pour chercher des bouts de cuivre, des tuyaux de plomb. Il vous a hissé sur son âne et amené sous un tapis chez la veuve Asmahane. Il ne manque pas de culot ! Ici vous ne craignez rien, pour le moment. Vos amis sont tous morts, même le berger et ses chèvres ! Tsahal a déferlé en masse d'Hébron et de la Ligne verte. Tout le monde vous maudit, au Fatah, comme au FPLP, même le Hamas est contre vous. Je ne donnerais pas cher de votre peau. Par chance, on estime votre commando anéanti, il n'y a que le gitan qui sait. Mais lui, personne ne l'interroge, on dit par ici que son regard peut tuer. Quelle idée d'aller s'attaquer au mur…

La femme a levé le bras gauche à hauteur de l'épaule. Elle tire sur son voile, les doigts tremblants.

— Il n'entend pas, docteur. Il est trop affaibli…

Le vieil homme s'est relevé de guingois, une main sur les reins. Il referme sa trousse de cuir en soupirant.

— Il faut toujours parler, dit-il. Aux moribonds, aux fous, aux ânes, même aux ennemis ! Il ne faut pas cesser de parler. Maintenant, qu'allez-vous faire ? Garder un rebelle est bien trop dangereux. Personne ne le connaît. Il n'a même pas de papiers.

— Quand il ira mieux, on verra. Il ressemble tellement à Nessim…

Le médecin considère la femme au beau visage absent d'un air d'ennui. Son regard glisse sur le jeune homme qui observe intensément le plafond comme un ciel de nuages.

— C'est pourtant vrai ! dit-il d'une voix étonnée. Il a quelque chose de ton pauvre Nessim…

— C'est Falastìn qui me l'a dit.

— Falastìn ? Ah, je comprends ! Et où est-elle encore cette petite folle ? Sans hommes à la maison, avec toi qui ne vois plus, tu devrais…

— Tais-toi, docteur ! Elle est trop maigre et nous n'avons plus de fortune.

— Si, si, tu devrais la marier, de préférence avec un fonctionnaire ! C'est la raison qui parle…

Le vieil homme rectifie son col et arrange les pans de sa chemise sous ses bretelles. La femme a relevé son voile sur ses cheveux. Ses lèvres remuent sans oser dire les mots. Il hausse les épaules.

— Ne t'inquiète de rien, j'ai trois ou quatre clients à visiter ce matin dans le coin. Je ne suis pas venu exprès.

Avant de quitter la chambre, il jette un dernier coup d'œil sur le lit de camp et souffle d'un trait :

— Ce garçon est en état de choc. Dès qu'il pourra se lever, fais-le conduire où tu sais à Hébron. Demande au gitan. C'est trop dangereux pour toi et Falastìn...

Sans un mot, la veuve Asmahane l'a précédé au rez-de-chaussée. Une fois le médecin parti, avec des gestes sûrs, elle active le système de poulies qui ferme la trappe et dissimule l'escalier amovible. Comme chaque matin, habile à se mouvoir dans un espace tant de fois éprouvé du bout des doigts, elle parle à ses ombres. Au parfum qui émane encore de la tasse, elle comprend que le docteur Charbi n'a pas bu son café. Preuve de sa distraction. Le docteur travaille trop, il se donne tout entier aux nécessiteux, aux réfugiés, à cette foule de gens en détresse, perdus dans leur propre maison. Des cris d'enfants montent de la rue basse. Combien de fois les a-t-elle exhortés de ne pas réveiller ces collines. Mais ils n'écoutent pas, l'allégresse du matin les pousse aux jeux de leur âge. Tout à l'heure, ils trembleront de frayeur sous les murs de la colonie. Par chance l'école est encore dans le bon secteur, pas de barrages ou de check-points. Mais la route est longue et mauvaise de ce côté. Et les colons cultivent une animosité incurable. Elle se souvient d'un temps sans insultes ni crachats. Elle se souvient des guerres aussi, des visages écrasés sous les bombes.

Asmahane s'est approchée de la fenêtre à pas comptés ; la crémone décoincée, elle écarte les volets qui claquent contre le mur. Sensible au fond de ses yeux éteints, la lumière lui rappelle le chaud soleil des paupières face au ciel d'été, jadis, quand elle croyait aux fables des marabouts. Le chat Massala est entré dans un miaulement, suivi d'un autre pas félin.

— Mamma ! Ne reste pas plantée devant les fenêtres !

— C'est toi, Falastìn ? Tu me fais peur à surgir comme un fantôme.

— Tu devrais fermer ces volets une fois pour toutes…

— Pourquoi ? Parce que je suis aveugle ?

Falastìn néglige de répondre. Sa mère sait pertinemment que les colons s'amusent à tirer sur les fenêtres des maisons les plus éloignées depuis la crête, quand ils ne descendent pas de leur colline pour jeter des pierres dans les carreaux. Elle-même fermera les volets tout à l'heure. Le chat affamé emmêle ses pattes dans ses jambes ; il miaule par petits râles étouffés.

— Massala nous fait une extinction de voix, dit Asmahane. C'est d'avoir crié sur les toits…

Il se précipite sur l'écuelle où s'étale le lait de brebis. Falastìn replace le broc au frais.

— Le médecin est venu, dit la femme voilée. Lui aussi trouve qu'il lui ressemble…

— À Nessim ?

— À qui d'autre ! Il dit aussi que je devrais te marier.

Falastìn éclate de rire ; ses mains se sont portées sur sa gorge dans un geste grelottant. Vêtue de jeans et d'une veste noire serrée à la taille, un simple foulard de flanelle noué derrière la nuque, elle dissimule son extrême fragilité sous un port énergique, hardi, presque masculin.

— Comment va-t-il ? demande-t-elle enfin d'une voix rentrée.

Occupée à trier des lentilles sur un coin de table, sa mère a levé un visage inquiet vers la trappe.

— Le docteur parle d'état de choc. Il ne comprend pas qu'on l'ait conduit chez nous. Tous ses compagnons sont morts. C'était suicidaire…

Falastìn rit de nouveau, mais sans gaieté. Le suicide devrait laisser plus de garanties. Elle considère l'aveugle avec pénétration. Une femme encore jeune qui ne la voit plus – sa mère blessée. Elle a gardé pour la lumière une inclination sensuelle. Sa beauté a l'opacité des miroirs, la nuit. Cependant elle cherche la caresse du matin, elle tend son visage et ses seins vers le jour.

Falastìn retient mal une plainte. Elle s'appuie des deux mains contre la table, bousculant un bol d'argile qui roule, tombe et se brise au sol avec un bruit de clefs. Asmahane lève les bras vers sa fille.

— Qu'as-tu ? s'écrie-elle. Qu'est-il arrivé ?

— Comme d'habitude. Une bande de colons a dégringolé de la colline et nous a bombardés de cailloux. Aucun enfant n'est blessé, cette fois. L'Américaine et moi nous sommes restées pour protéger leur fuite. Le grand Russe à casquette m'a frappée avec la crosse de son fusil…

Trébuchante, Asmahane s'est emparée du corps de sa fille. Elle l'enveloppe précipitamment dans son souffle et sa chair. Ses paumes cherchent partout la plaie.

— Oh, mais tu saignes. Ta nuque est poisseuse de sang. Et le médecin qui est parti…

Falastìn sourit, yeux mi-clos dans son giron. Ce n'est rien, mamma des ténèbres, rien qu'un peu du sang de ta fille aux entrailles asséchées. Ses règles naguère la faisaient bien plus souffrir. Ni le ventre ni les yeux ne veulent couler désormais. Les larmes de plomb ont été ravalées bouillantes jusqu'au fond des os.

Elle songe aux années terrifiées de l'enfance. La mémoire se disloque autour d'un impact de fusil Galil. C'était un mois jour pour jour après l'exécution du chef du FPLP, Abou Ali Mustafa, tué par des tirs de missiles contre son bureau à Ramallah. Pour la rassurer, son père lui avait dit qu'il ne risquait rien, qu'il n'était pas un dirigeant du Front Populaire mais du Front Démocratique : d'un sigle à l'autre, une petite lettre changeait tout dans le type d'engagement, sinon dans les alliances. Mais il s'était montré trop confiant dans son étoile. En ce temps-là, Falastìn ne comprenait pas grand-chose aux fureurs des adultes. Elle aimait à la folie l'homme aux moustaches bleues qui la portait sur les muscles ronds d'un seul bras. Pour lui être agréable, elle accomplissait tous les exploits d'enfant, lire, réciter, danser, écrire des poèmes :

Si tu nous gardes auprès de toi rivière
La vie sera comme un ruissellement de prières

Il riait d'elle et de ses mines avec des soupirs si profonds de délassement qu'elle avait à chaque fois l'impression d'entendre choir une lourde armure de cuir et de fer. Si tu meurs sans moi mon père, comment vivrais-je dans la lumière ? Sur une route reliant Ramallah à Bethléem, après combien de détours entre barrières et check-points, la voiture ralentie dans un village désert s'était mise à frire drôlement. Des soldats embusqués la mitraillaient sans sommation. Le pare-brise éclata en une gerbe de diamants grêlée de pourpre, et l'homme au volant, secoué de convulsions, avait sangloté son nom un instant. À l'arrière du véhicule, blessée au cou par une balle qui avait traversé la boîte crânienne de son père, Falastìn dégoulinait de sang et de cervelle. Le klaxon bloqué et la sirène d'un blindé s'étaient mis à hurler de conserve, comme si l'univers déclenchait tous ses systèmes d'alarme. D'un coup venait de se briser pour elle la mécanique huilée qui enlace, seconde après seconde, les incidents du jour à cette vague crédulité des sens qu'on appelle éveil ou conscience. Elle aurait voulu étreindre son père pour arrêter cette chute. Dehors, l'air incendié crépitait encore. Des ombres dansaient mollement aux quatre coins du soleil. L'extinction des feux l'emplit bientôt d'une comateuse irréalité. L'instance fatale gomme les distances et toute peur. Les visages s'effilochent en nues légères. Il n'y avait plus ni père ni ennemis. Elle s'abîmait dans l'étrange apesanteur des fins. L'appel du muezzin avait recouvert le vacarme continu autour d'elle. À moins que ce fût l'espèce de silence mélodique qui précède l'évanouissement. Les paroles d'une sourate se découpaient en volutes sonores : *Lorsque surviendra l'événement infaillible, personne ne saura le déjouer ni contester sa venue et nul n'osera le prétendre illusoire.*

— Voilà, dit Asmahane. J'ai mis un pansement. La plaie n'est pas profonde.

Falastìn regarde sa mère aux cils ombrés. Comment peut-elle juger de la profondeur d'une plaie ? Elle soigne comme doit soigner le temps, dans la nuit précipitée. Serpent aux anneaux électriques, sa chevelure dénouée effleure son dos nu. La beauté veuve d'Asmahane lui fait mal à l'endroit blessé. Sans autres visages pour la distraire, elle a renversé l'eau noire des masques. Devenue aveugle par fidélité, Asmahane vit seule désormais avec l'image sauve de son amant. D'une main rêveuse comme la flamme ou le vent, elle caresse les joues de sa fille.

— Retourne à l'Université apprendre. Tu voulais être avocate comme ton père. Retourne à Hébron maintenant…

Falastìn embrasse les longs doigts qui pianotent doucement sur ses lèvres et ses oreilles.

— Il faut des heures pour franchir les barrages, je ne pourrais plus rentrer.

— Tu t'installeras chez ma sœur. Layla t'accueillera les bras ouverts. Elle doit être bien isolée depuis l'arrestation de son mari.

— Pas plus que toi, mamma…

— On se verra en fin de semaine. Et puis il y a notre réseau d'entraide. Et Amoun le ferrailleur…

Des détonations répétées les font taire un instant. Paupières closes, Asmahane incline son visage vers la clameur.

— On dit que ceux du Hamas et du Fatah s'affrontent de nouveau à Gaza. Et même à Ramallah. On parle de guerre civile…

— C'était hier, mamma ! La guerre dure depuis mille ans.

Un fracas de rotors fait trembler les vitres. Une explosion puis une autre résonnent puissamment dans les collines. Quelqu'un soudain tambourine derrière la porte. Après un bref sursaut, Falastìn se précipite malgré l'appréhension de sa mère.

— C'est Saïfoudine le boiteux…, dit-elle. Il devait livrer l'eau potable.

Un grand adolescent tordu sur ses jambes entre prestement.

— Ils m'ont cassé mon triporteur ! bégaie-t-il. Ils me l'ont jeté dans le vieux puits !

Falastìn s'étonne à peine que le livreur paraisse moins effrayé des missiles lancés une minute plus tôt par les hélicoptères Apache que d'une agression de colons vieille d'une heure ou deux.

— Je sais, dit-elle. Les mêmes nous ont caillassés sur le chemin de l'école.

— Pour la flotte, c'est raté. Faudra attendre le camion-citerne.

— Nous ferons bouillir celle des cuves en attendant, murmure Asmahane. Et puis, il va sûrement pleuvoir…

— L'occupant détournerait les nuages s'il le pouvait. Il volerait notre pluie !

— Il le fait déjà, dit la jeune fille. L'eau du Jourdain et des nappes ne vient-elle pas du ciel ?

Saïfoudine s'est assis, une jambe raide. Il boit à petites gorgées le café brûlant de l'aveugle. Des larmes de désespoir roulent sur ses pommettes. Il contemple ses hôtesses d'un air éperdu. Falastìn à la fin se retient de rire.

— On ira sortir ton triporteur du puits avec un crampon, dit-elle.

— Mais les colons l'ont rempli à moitié de pierres ! Il a dû se briser dessus. J'irais pas loin, tout tordu, avec ma patte folle, sur un vélo cassé...

— Le gitan saura bien te le réparer.

— C'est ça, comme le genou que les soldats m'ont dégommé !

— Au moins, tu marches..., dit encore Falastìn avec une sorte d'ironie attentive.

L'esprit ailleurs, elle saisit une poignée de lentilles sur la table pour les égrener entre deux doigts. Le fracas des blindés sur la route bitumée des colons ne l'effraie guère. Plus rien ne saurait l'inquiéter. Les années ont éloigné d'elle toute forme d'espérance ou d'intérêt. Sans rien montrer, pour ne pas souffrir, elle s'est endurcie jusqu'au détachement, avec une désinvolture alerte, presque inhumaine. La plus grande violence est celle qu'on s'inflige. Délibérément, depuis sa douzième année, à force d'ascèse ingénue, elle n'est plus de ce monde. L'état d'apesanteur totale auquel elle aspire se confondrait assez avec la grâce des martyrs.

Mais la terre tremble et des fumées troublent l'azur. Est-ce un orage sur la montagne d'Hébron ? Assis dans l'ombre, sa mère aveugle et le voleur d'eau chuchotent ensemble des histoires de survie. Elle les considère avec la même surprise indolente qu'au réveil, sept ans plus tôt, quand elle rouvrit les yeux sur un jour souillé de cervelle et de sang. Pourtant, elle n'a rien oublié des leçons intimes d'un quotidien brutalement interrompu. L'héritage d'un père libre-penseur, érudit et patriote se résume aujourd'hui au sentiment aigu de l'injustice, à la pitié aussi pour ce peuple de paysans et d'artisans malmenés, à l'incompréhension face à l'occupant abusif et acharné dans sa rancune. Par insigne privilège, toutefois, elle ne saurait haïr quiconque sans trahir les absents. L'adversité pour les siens et tous ceux de sa maison aura plutôt servi l'esprit et l'entendement. Mais elle est seule avec Asmahane. Elle se mord les lèvres en songeant à son frère, aux enquêtes infructueuses menées par les amis de la famille en territoire occupé, dans les prisons israéliennes et même en Jordanie ou au Liban. Inscrit par dérogation spéciale à l'université Al-Quds de Jérusalem après deux années brillantes passées à celle d'Hébron, Nessim ne militait ouvertement dans aucune faction. Il était de ceux qui pensent que le pays, à moyen et long terme, aurait davantage besoin de cadres intellectuels que militaires ou politiques. Malgré leur père assassiné, il affichait une foi entière pour le processus de paix et prônait l'instauration d'un État binational, sur les positions de l'ancien parti communiste : une société indivisible avec les mêmes droits partagés, à l'encontre des libéraux au pouvoir, des colons et des dictatures arabes. Falastìn se souvient du grain chaud de sa voix, de son regard perdu, presque effrayé, quand l'un ou l'autre de ses proches brocardait son bel optimisme.

Tout en devisant avec l'aveugle, Saïfoudine ne peut quitter la jeune fille des yeux. Sa beauté le subjugue depuis longtemps, les éclats de neige et de charbon de ses grands yeux, les longs frissons de sa crinière couleur d'évanouissement, sa taille cambrée si fine qu'il se retient parfois de respirer. Son profil lui semble un pur joyau sertissant le feu sombre des prunelles. C'est pour lui un vertige que de contempler à la dérobée sa bouche aux lèvres pleines et subtiles où le sourire erre comme l'âme en peine. Sa maigreur est telle qu'il ne lui reste que sa beauté, mais celle-ci en devient si entière qu'elle frappe au cœur avec impudence, comme ces statuettes barbares que la charrue exhume, miraculeusement, autour des ruines protégées. Partagé entre vénération et désir, le voleur d'eau souffre de son image. Comment décrire la délicatesse butée de ce petit corps souple qu'une chevelure d'encre enveloppe de douce nuit ? Pour baigner ses pieds, Saïfoudine remonterait toute l'eau des puits confisqués d'Hébron, il détournerait le Jourdain pour voir seulement ruisseler l'or de ses épaules.

— Saïfoudine, où es-tu ? s'inquiète la voix un peu rauque d'Asmahane.

— Je n'ai pas bougé, mamma. Tout est calme maintenant. Je m'en vais…

4

Il est debout et s'en étonne. Vêtu de frais de pied en cap – blouson de coton un peu trop large et blue-jean, chemisette fantaisie à col boutonné et chaussures de ville –, il attache à son poignet la montre à quartz reçue en prime. Une fraîcheur nouvelle évente ses tempes. La lumière piquante du matin s'engouffre dans la minuscule fenêtre du grenier. En retrait, dans l'embrasure, la jeune femme qui le soignait depuis des jours observe ses gestes avec une douloureuse intensité. Menue, les yeux noirs illimités dans son fin visage, elle semble sur le coup d'une révélation. Mais on l'appelle. Asmahane affolée lui crie de descendre. Des voix d'hommes résonnent en bas. Il est trop tard. On ne peut plus rien cacher. Elle se jette sur l'inconnu et lui répète en anglais puis en arabe : "Nessim ! Tu es Nessim !" Les yeux dans les yeux, ses mains crispées sur ses épaulettes trop larges, elle l'implore du regard : "Nessim ! Nessim, mon grand frère, c'est toi !"

Deux soldats en armes dont un jeune officier l'attendent, plutôt gênés, sur le seuil. Asmahane, le souffle coupé, trébuche autour de la table.

— Ne crains rien ! Ne t'effraie pas, mamma, dit

Falastìn qui a dégringolé les marches en trois bonds comme une chatte joueuse. Je connais assez bien le major. C'est le seul à nous laisser passer sans tracasserie au check-point sud d'Hébron. N'est-ce pas major ?

Ce dernier, raidi dans son uniforme, les joues en feu, considère tour à tour la jeune femme et son ordonnance.

— Je venais m'assurer que vous n'êtes pas blessée. J'ai appris l'incident de l'autre jour…

Falastìn s'esclaffe pour donner le change et apaiser sa mère.

— Comme je ne vous ai plus revue…, poursuit l'officier.

— Vous vous êtes invité sans manière, lance narquoisement la jeune femme.

Mais des bruits de pas attirent soudain l'attention de l'ordonnance.

— Il y a quelqu'un là-haut ? s'exclame-t-il sans égard pour son supérieur.

— Naturellement, c'est Nessim, mon frère. N'est-ce pas mamma ?

— Nessim nous est revenu…, murmure Asmahane d'une voix si bouleversée que les soldats confus hochent la tête.

— C'est bon ! dit le major. Je voulais aussi vous prévenir : tenez-vous à l'écart des internationaux et des pacifistes israéliens. Et laissez donc les gosses se débrouiller.

— Et pourquoi ? demande-t-elle avec ingénuité.

— Vous vous mettez en danger, petite écervelée ! Et pas seulement vous…

La brusque répartie de l'officier s'achève en mots d'excuse. Assise sur un banc, Asmahane sanglote doucement, la tête entre les mains. Falastìn fait mine d'acquiescer pour hâter le départ des intrus.

— N'hésitez pas à me demander en cas de pépin, ajoute l'officier dans un salut. Le major Mazeltof, vous n'oublierez pas, ça veut dire "bonne chance" en hébreu…

La porte s'est refermée. La jeep démarre dans le chemin. Asmahane n'a pas cessé de sangloter. "Mon fils est revenu", dit-elle encore et encore. Ses traits découverts avouent un trouble intense sans accroche avec l'instant. Falastìn effrayée s'approche et prend son visage humide entre ses paumes. Elle a remarqué depuis quelques jours ces décollements de la réalité, comme si les mots avaient d'autres résonances. Ne plus voir, quand on est privé des siens, interdit même cette trop vive attention de chaque seconde pour la moindre silhouette, qui à la fin distrait de l'absence. Falastìn essuie les yeux opaques avec la pointe du voile.

— Nous l'appellerons Nessim le temps qu'il faut, explique-t-elle dans l'espoir d'amender son délire. Les autorités n'y verront que du feu. Il porte les habits de mon frère. Il lui ressemble terriblement. Nous lui donnerons des papiers valides, un laissez-passer, son permis de conduire, le récépissé de son inscription universitaire.

Asmahane sourit à travers les mèches retombées sur ses joues. Comme tu es belle, songe sa fille en la recoiffant. Tu détisses chaque nuit le temps passé pour garder l'âge de ton amour, tu es comme la reine qui défait son métier. Personne ne reviendra, mais tu restes pareille à ton souvenir. Tes yeux usés de larmes ne voient plus que l'image ancienne…

Déformé par le vent, l'appel du muezzin se répand en bribes miaulées. On entend parfois la déflagration d'un chasseur-bombardier franchissant le mur du son ou la sirène d'une ambulance depuis les collines.

— Je pars au village, décide la jeune femme soudain dressée, la gorge palpitante.

— Mets le foulard sur ta tête, ma fille…

La voix d'Asmahane, presque chantante après les pleurs, se perd en recommandations immémoriales.

C'est la saison des mains levées. Les oliviers frémissent sur les collines comme l'éternité dans l'œil éphémère. Falastìn marche sur la route blanche, la seule autorisée. Le désert s'égale au désert après le bruit des armes. Le paysage autour d'elle vibre d'une lumière alternée, bleue et ocre, dans la réfraction des espaces. Au loin, devant elle, amoncelées par effet d'optique en mosaïques, carreaux et dallages, les constructions étagées d'Hébron. Coiffé de la mosquée, le Haram al-Khalil, que les Juifs appellent aussi la Crypte des Doubles Tombes, élève ses murailles dans la vieille ville. Quel chemin d'exil Adam et Ève eurent-ils à traverser depuis l'Éden ! Falastìn se souvient du jeune Eliel Navone, un pacifiste du mouvement *Ta'ayush* venu soutenir les bergers troglodytes expulsés par l'armée et qui aimait déclamer in situ les versets bibliques :

Je suis étranger et occupant parmi vous ; donnez-moi la propriété d'un sépulcre chez vous, pour enterrer ma morte et l'ôter de devant moi…

Est-ce à cause du tombeau de Sarah que la violence s'éternise en Canaan ? Blessé au milieu d'autres manifestants, un œil éclaté par un projectile de caoutchouc, le docte Eliel n'est plus jamais venu revoir *le champ d'Éphron à Macpéla, vis-à-vis de Mamré, le champ et la caverne qu'on y trouve, avec tous les arbres et ses alentours, vis-à-vis de Mamré, qui est Hébron, dans le pays de Canaan…* Mais d'autres l'ont remplacé, depuis Jérusalem, Tel-Aviv ou les cités d'Europe et d'Amérique, sans se décourager des provocations obtuses des ultra-orthodoxes de Kiryat Arba et des partialités indignes du Gouvernement militaire.

Dans la lumière verticale, les champs d'oliviers ont un tremblement argenté évoquant une source répandue à l'infini. L'ombre manque à midi, sauf sous les arbres séculaires aux petites feuilles d'émeraude et d'argent, innombrables clochettes de lumière au vent soudain et qui tamisent le soleil mieux qu'une ombrelle de lin. À l'est d'Hébron, du côté des colonies et au sommet des collines, ils ont presque tous été arrachés, par milliers, mis en pièces ou confisqués, sous prétexte d'expropriation, de travaux, de châtiment.

Aux aguets, Falastìn ralentit le pas sans incliner la tête. Un léger bruit dans son dos l'oblige à mesurer son souffle ; elle n'a pas vraiment d'appréhension, la peur ne l'atteint pas, mais toute menace, physique ou morale, l'envahit d'une telle tristesse, comme un désir de destruction, un goût brusque de chute en elle. Cependant elle se ressaisit et mise sur l'indifférence. On ne peut rien contre le vrai détachement. Et cette contrainte qu'elle s'inflige dégage peu à peu son esprit du péril : elle n'a plus de dos. Le paysage l'absorbe à nouveau, elle le mesure tout entier comme l'oiseau aux ailes jalouses. Les hautes collines à l'est d'Hébron sont des plis épais sur la nuque d'un Goliath : on voit sa face couchée sur des lieues avec les froncements de l'arcade et les mâchoires. Au nord, en direction de la vallée de la Bequa'a d'où part la section sud de la barrière de sécurité, on distingue les nouveaux chantiers des routes réservées aux colons et reliant Harsina à Kiryat Arba. Réduites en poussières, les maisons détruites sur cet axe, vingt-deux ces dernières semaines, donnent leur teinte crayeuse aux saignées des chars et des bulldozers géants. Par-delà la plus vieille implantation coloniale dans le gouvernorat, citadelle de béton au-dessus de la vieille ville, tout est passé sous les chenilles des engins : fermes, granges, vignes et vergers, dans le dessein avoué de créer une continuité territoriale du côté de Diar al-Mahawer et vers Wadi al-Ghroos. Des centaines de dounoums de terre vitale annexées par l'occupant. Sans compter les confiscations des divers secteurs bordant les parties nord et nord-ouest de Kiryat Arba, nouveaux remblais pour l'autoroute privée de contournement reliant Jérusalem aux colonies illicites du centre d'Hébron : Tel-Rumeida, Beit Hassadah, Beit Romano, Avraham Avinu…

Falastìn écoute le bruit de son pas. Tout n'est-il pas illégal autour d'elle ? Le pays est si étroit qu'une exaction se répercute vite en tous lieux. Du haut de la colline, si elle avait la force d'y grimper, s'étalerait en défroques éparses, comme les taches du léopard, la perspective des territoires concédés sous d'absurdes bornages de béton et de barbelés, entre la mer Morte et le désert : à peine quelques dizaines de kilomètres d'un pays investi de part en part entre quatre bouts d'horizon. Gagner Bethléem, Ramallah ou même Naplouse, prenait moins de temps jadis que d'atteindre aujourd'hui la porte d'à côté, à travers cette folie d'obstacles en tout genre. Au-delà des faubourgs claquemurés d'Hébron, entre deux collines déboisées, les baraquements du camp de réfugiés d'al-Arkop oscillent dans l'air poudreux. Des rafles s'y poursuivent jour et nuit, comme aux villages voisins de Dora et de Kharsa. Et partout ailleurs dans cette Cisjordanie morcelée que les colons débarqués de New York ou de Paris appellent Judée-Samarie en héritiers définitifs.

Le vent se lève au-dessus des vastes tertres feuilletés en lames friables. Falastìn marche d'une foulée égale vers Tariba, un village encore épargné en limite de zone militaire, à quelques centaines de mètres en aval du vieux pressoir datant de l'époque ottomane. Un souffle peut-être mortel chatouille ses épaules. Du même pas, quelqu'un la suit, sans hâte. Comme une ombre, songe-t-elle. Cette présence appuie contre sa nuque, à l'endroit fiévreux de sa blessure. Elle se souvient de son frère disparu ; des nuits entières passées à rêver de lui avec une énergie hallucinée. Torturante d'espoir, l'absence remplace ou masque à point le deuil.

Devant elle, sur la route, l'onde électrique d'un serpent glisse d'un bord à l'autre. Un mirage recule sur une frange oubliée de bitume. L'instant, soudain, a une fragilité d'anévrisme. Elle pourrait se soustraire d'un coup à toute réalité. Mais les grillons continuent d'émettre leur vibration de ligne à haute tension. L'ombre derrière elle n'a pas lâché sa proie.

Falastìn se retourne enfin, calme, les lèvres closes, et chancelle de stupeur. “Nessim !” balbutie-t-elle. C'est bien son frère qu'elle précédait, si amaigri, les orbites charbonneuses. Vêtu d'un blouson et de jeans délavés, il s'est immobilisé en même temps qu'elle et la regarde d'un air perdu, à distance, les bras le long du corps. Une mèche de cheveux s'agite au vent comme l'aile lasse d'un choucas. Sous le soleil, ses traits accentués creusent la mémoire. Elle pense à son père, aux proches d'autrefois. L'héraldique d'un visage dessine un sceau profond, une griffe d'intimité étrange. Un long frisson la traverse alors ; l'évaluation imminente du proche et du lointain a sur elle l'effet de la foudre. Mais un bras la retient au moment de tomber. L'homme est à ses côtés. Il la regarde intensément, les lèvres entrouvertes. Avant qu'il n'articule un mot, elle pose l'index sur sa bouche.

— Il ne fallait pas sortir, il est trop tôt…

C'est tremblante qu'elle attend une parole. Mais il se tait, à peine surpris, la main droite sous son aisselle. Troublée, Falastìn se dégage doucement ; du bout des doigts, elle effleure sa poitrine pour s'assurer que le portefeuille garni des papiers de son frère n'a pas quitté la poche intérieure du vieux blouson gris bleu. Dans le silence de midi, un vacarme d'élytres monte d'un carré d'orge à l'abandon. La jeune fille hoche la tête et poursuit son chemin, toujours talonnée d'un spectre muet. La route à flanc de colline en croise bientôt une autre, grossièrement asphaltée et enserrée de balises de béton. Alourdie de panières, une carriole tirée par une jument cahote sur les nids-de-poule et disparaît au détour d'un amas rocheux couvert d'asphodèles. L'odeur forte des olives mûres se mêle aux senteurs balsamiques d'un boqueteau d'eucalyptus qui ombre la chaussée. Dans les plantations voisines, des enfants et des vieillards grimpés sur des échelles poursuivent la récolte. Le village apparaît légèrement en contrebas, maisonnettes couleur de terre aux petites fenêtres cintrées par couple sous un toit de pierre. Sur un terre-plein gagné par la broussaille où trois chèvres pacagent chichement autour du dôme blanchi d'un sanctuaire, des figuiers sycomores mêlent leurs branches noueuses aux larges feuilles. À l'écart, des décombres noircis s'étalent en bordure d'une clôture de barbelés qu'envahissent les ronces. Falastìn montre du doigt le dôme.

— Tariba est déserte, les villageois sont à la cueillette.

Elle examine furtivement l'homme qui l'accompagne : son regard mi-clos interroge l'espace, détaille une fleur du chemin ou la courbe d'une colline pour revenir sur elle. Mais il se tait, les bras ballants, en somnambule mal orienté. Sait-il seulement son nom ?

— Comment t'appelles-tu ?

— Nessim..., dit-il une main sur la poitrine.

— N'oublie pas ton lieu de naissance et tout le reste.

Il approuve d'un signe de tête. La moindre volonté de la jeune femme a son agrément. Un sourire affranchi des mots flotte sur ses lèvres. Il marche sur l'ombre naine du zénith avec une impression incompréhensible de découverte. Falastìn remplit toute sa conscience ; elle occupe chaque recoin de son esprit livré aux phosphènes et aux chants d'oiseaux. Rien hors d'elle n'existe vraiment. Elle avance, énigmatique, dans le mystère du jour. Comment expliquer cette commutation d'une fièvre mortelle en un visage penché de jeune fille ? Après des jours et des nuits de délire comateux, suspendu à son sourire, en perfusion d'un regard, la vie a reflué avec un autre sang. Lavé des mauvais rêves, il s'est peu à peu réanimé dans la fraîcheur de la convalescence. Falastìn a longtemps changé les pansements, ses yeux de charbon enfoncés dans les siens. Elle a rasé sa barbe dure et coiffé ses boucles. Un regard si intense affleure du néant, au plus vif de l'oubli. L'autre femme voilée de ténèbres avait voulu le retenir ; les bras dans le vide, elle s'est précipitée sur lui tout à l'heure. "Reste, ne la suis pas ! s'était-elle écriée. Ma fille est folle ! Elle s'imagine invulnérable..." Le chat de la maison miaulait d'une voix rocailleuse, une flamme dans ses prunelles fendues. Les mains si blanches d'Asmahane voletaient dans la pénombre closes des jalousies. "Il y a des contrôles partout, ils t'attraperont !" En quelle langue de chat disait-elle cela ?

Des mules à clochettes chargées de couffins remontent le bas-côté de la route. Sur l'une d'elles, un entassement de chiffons se déploie en une longue figure. Le fellah fait un signe inquiet entre les oreilles de sa monture.

— Check-point ! dit-il en hochant la tête.

La jeune femme aperçoit des jeeps et un blindé de l'armée d'occupation à quelques centaines de mètres : il s'agit plutôt d'un barrage flottant. Trop tard pour s'esquiver : des soldats juchés sur un remblai les observent avec des jumelles. Le fellah et ses mules ont rejoint d'autres fermiers, certains sur leur tracteur, la plupart sur une charrette attelée, qui affluent des chemins avoisinants. L'odeur âcre des olives se répand, un peu écœurante. Un murmure traverse la file immobilisée. Falastìn s'est rapprochée. Derrière les jeeps se profilent les contours d'un énorme camion-grue à benne et d'un bulldozer Caterpillar ordinairement employé pour détruire les maisons. Des blocs de béton de dix tonnes sont placés en travers de la route dans un grand fracas d'acier. Avant que le barrage soit entièrement clos, les jeeps partent se garer derrière les blocs. Tous très jeunes, les soldats restés en avant braquent leurs fusils-mitrailleurs sur les charroyeurs d'olives. On entend des cris de colère du côté de la population. Lancée par un bras anonyme, une poignée de cailloux crépite contre la tôle du blindé. En écho, une rafale d'arme automatique provoque un début de panique et les derniers venus s'écartent devant les sabots d'une jument affolée qui vient de rompre ses harnais. L'un après l'autre, tracteurs et attelages rebroussent chemin. Seuls les muletiers et les piétons patientent encore. Falastìn cherche le blouson gris des yeux. Il resurgit soudain d'entre les véhicules. Son protégé a rattrapé le cheval par la bride et revient d'un pas tranquille. Appuyé sur une canne, un cultivateur en djellaba l'interpelle. La charrette s'est renversée dans la ruade et sa récolte d'olives a roulé en pluie sur la chaussée. Il insulte la jument d'une voix nouée de sanglots. Là-bas, les soldats ont regagné leurs véhicules. Il n'y a pas de victimes. Camion-grue en tête, le convoi s'éloigne vers la zone militaire.

Falastìn considère avec étonnement le jeune homme revenu sur ses pas. Elle se souvient du goût qu'avait son frère pour l'équitation. Elle songe aussi à cet adolescent amateur de chevaux, un certain Jamel, abattu de sang-froid devant un camp de réfugiés de Naplouse pour avoir caillassé une jeep Hummer blindée en compagnie d'autres gosses.

— Nous allons pouvoir passer, dit-elle.

Muletiers, cyclistes et marcheurs contournent l'obstacle, laissant derrière eux les quatre-roues. De l'autre côté du barrage, un fermier de retour du pressoir se lamente sur le siège d'un antique tracteur aux allures de locomotive. En équilibre instable sur la croupe de sa monture, un bédouin croit tenir la solution : qu'il plante là son engin, les mules passent partout…

Au village, les enfants accourent autour de Falastìn. Quelques femmes voilées lui font signe au seuil des maisons. Une fillette émaciée tire sur la manche de la visiteuse. Inquisitrice, elle montre du doigt l'inconnu qui la suit.

— C'est mon frère Nessim, explique Falastìn. Et ton père, où est-il ?

— À la cueillette avec les autres. Ils rentreront seulement demain à cause des barrages. Mon oncle Samir et ses fils sont en prison...

— Je sais, dit la jeune femme. Ils voulaient rétablir l'accès à leurs champs.

C'est au vague sosie de Nessim qu'elle s'adresse. La fillette s'est esquivée. Tous deux marchent côte à côte maintenant. Ils approchent du sanctuaire, l'œil fixé sur le faîte du vieux figuier autour duquel volète, éternel, un couple de pies. Des bandes d'étoffes barbouillées d'écritures ceignent les branches basses. À l'ombre de l'arbre, une excavation fend le pied d'une roche guère plus haute que les toits de Tariba. Mausolée de briques à coupole, l'édifice réfracte la lumière ocellée des branches. Falastìn s'est assise juste devant la grotte, sur une galette granitique couchée là en guise de banc. Elle invite le jeune homme au repos.

— Le nabi de Tariba guérit de la folie, à ce qu'on prétend. C'est un tout petit nabi comme il y en a des foules chez nous. On compte vingt-sept prophètes dans le Coran, mais selon les hadith, il y en aurait plus de cent mille ! Même les oiseaux et le vent répètent les prédictions. Tu les entends ?

Falastìn a ri très fort puis s'est tue, attentive au bruissement des feuilles. Ses yeux noirs agrandis par une mimique d'enfant, elle chuchote d'un air dramatique :

— On raconte que ce nabi-là connaissait le jour et l'heure de la mort de n'importe qui, rien qu'en écoutant le son de sa voix. C'était du temps de Salāh al-Dīn. Le sultan venait de délivrer Jérusalem des Croisés, il avait rendu le mur du vieux Temple aux juifs et laissé leur Sépulcre aux chrétiens. Mais voilà que le conquérant tombe malade à Damas. Son médecin, le savant juif Mussa bin Maimun, vient consulter d'urgence le nabi de Tariba, du moins c'est ce qu'on raconte. Celui-ci exige bien sûr d'entendre la voix du malade, mais Salāh al-Dīn est intransportable et le nabi prétend ne tenir son pouvoir que de la grotte. Mussa bin Maimum promet malgré tout de revenir au plus tôt avec la voix du sultan. Il revient en effet quelques jours plus tard. Dans son bagage, il y a une jolie cage dorée et dans la cage, un perroquet. Bien sûr, le médecin demande à l'oiseau de parler, de répéter les derniers mots de son maître Salāh al-Dīn. Le nabi l'écoute avec attention et décrète que le sultan mourra le surlendemain au lever du jour, avant même que son médecin puisse le rejoindre. Que crois-tu qu'il arriva ? C'est l'oiseau qui rendit l'âme au moment prévu sur le chemin du retour, foudroyé par les esprits mortels capturés dans sa voix. Mussa bin Maimum comprit que son maître survivrait longtemps encore à la prédiction grâce au sacrifice de l'oiseau parleur. On dit aussi que le perroquet a rejoint la cité rose des djinns...

Le voile de Falastìn glisse à terre. Elle sourit, sa chevelure livrée au vent. Un tourbillon de poussière s'élève autour du tombeau. Le jeune homme a fermé les yeux. Il ne verra pas la danse du prophète.

5

Un matin, comme prévu, le ferrailleur avait conduit Nessim à travers les vignes, les friches et les chantiers déserts. Au premier check-point, après avoir grimpé vers la ville par des sentiers de muletiers, la présentation des papiers fournis par Falastìn suffit au passage après deux heures d'attente derrière une petite foule silencieuse d'ouvriers loqueteux, d'étudiants et de paysannes chargées de couffins. Derrière les barbelés, on faisait circuler les Palestiniens par groupe de cinq, en comptant un âne pour une tête. Ils assistèrent sans broncher à la mortification d'une vieille femme qui venait d'exhiber ses chevilles enflées aux soldats. "Allez passe ! *Yala, yala, yala...*" avait lancé en arabe une recrue d'à peine vingt ans. À proximité du grillage, le conscrit l'arrêta d'un geste impérieux pour lui ordonner cette fois de reculer : "*Ruh ! ruh ! ruh !*" Tout réjoui, il contraignit la vieille qui sanglotait d'humiliation à recommencer trois, quatre fois cette pantomime. Quand, à la cinquième, Nessim voulut intervenir, la poigne du gitan l'arrêta net. D'un signe de tête, ce dernier lui désigna des factionnaires fusil en joue postés sur le remblai. "Ils n'hésiteront pas" dit-il en rallumant son mégot avec une mèche d'amadou.

Au second check-point plus encombré encore, un sous-officier chu de sa guérite entre deux blocs de béton interpella Nessim pour un contrôle personnalisé. “*Sabah el kheir !*” grommela-t-il en le poussant vers le vestiaire des hommes. Blond, l'œil d'un bleu d'acier, il examina avec suspicion les papiers d'identité, confrontant de longues minutes les photos à l'original. Une fois Nessim déshabillé, il s'intéressa tout particulièrement à la cicatrice encore vive de l'épaule, ronde comme une pièce d'un shekel. Le soldat recula de quelques mètres, la main sur son pistolet : “Je ne peux pas jurer que tes papiers sont faux, mais ça, pas de doute, c'est un impact de balle…” Rhabillé, le suspect fut conduit vers un command-car blindé garé devant un hangar. On allait le menotter quand une jeep vint se ranger à proximité. Les soldats dans leur routine accueillirent d'un bref salut l'officier de section.

— Encore un élément suspect ! déclara le soldat blond en brandissant le laissez-passer de Nessim.

— Relâchez-le ! décida le gradé après un bref coup d'œil sur les papiers. Impossible d'en coffrer un seul de plus aujourd'hui.

Passé à son tour, le gitan qui patientait à distance s'essuya le front du revers de la main. Il regarda Nessim comme un miraculé. Tous deux poursuivirent leur avancée sans plus d'encombre, malgré les blocs de béton, les barrières métalliques et les rouleaux de barbelés qui obstruaient certains quartiers périphériques en bordure de la vieille ville. Entre deux longs détours dans les ruelles dépeuplées, le gitan empruntait maint raccourci par une cour cachée, une brèche dans un mur ou quelque passage secret, d'une cave ou d'un grenier à l'autre. Parvenus au cœur d'Hébron, ils franchirent ainsi le secteur H2 sous contrôle de l'occupant après avoir contourné le Tombeau des Patriarches et les pâtés d'immeubles investis par les colons. En face de l'un d'eux, quantité de pavés et de bouteilles brisées défonçaient les stores et les étals d'un alignement vacant de minuscules boutiques. Ici et là, des filets métalliques jonchés de détritus, de pierres et d'objets divers étaient tendus entre les façades. "C'est pour protéger nos têtes" expliqua Amoun en montrant d'un doigt furtif les étages surélevés où se retranchaient les colons extrémistes.

De l'autre côté des barrages enfin, en limite du secteur H1 sous autorité palestinienne, non loin de l'ancien marché, les deux hommes rasèrent les murs par crainte d'une interpellation. Des commandos patrouillaient. Juchées sur les toits, des vigies statufiées pointaient leurs fusils dans le vide. Amoun franchit d'un pas nonchalant l'étroit *no man's land*.

— Nous voilà en zone libre, ironisa-t-il, un œil sur les snipers. Mieux vaut s'écarter. C'est assez banal qu'une balle blesse ou tue quelqu'un par ici, une femme, un enfant… Avec les regrets garantis de Tsahal et les cris de joie des colons.

Les rues bientôt s'animèrent. Ils s'enfoncèrent dans la foule des quartiers commerçants. Des femmes voilées couraient les échoppes. Un peu partout vaquaient des hommes hagards et mal rasés, comme au retour d'un long voyage. Un convoi blindé, jeeps et command-cars, freinait la circulation automobile du côté du marché de Bab al-Zawiya.

— Des internationaux manifestent contre l'apartheid ou je ne sais quoi, expliqua le gitan. Des jeunes de Tel-Aviv et quelques Occidentaux propres sur eux. Ça risque de barder quand les gosses s'en mêleront.

Dépenaillés, l'air souffreteux, des enfants de tous âges se faufilaient par grappes entre les taxis jaunes, les cycles et les camionnettes bâchées. Le gitan s'était affublé d'une casquette à visière et baissait le front ostensiblement. Il toucha le bras du transfuge.

— Tu vas rentrer dans le premier magasin à ta droite et demander Manastir, Abdallah Manastir. Tu diras que le docteur Charbi t'envoie...

Nessim n'eut pas le temps de saluer le ferrailleur qui, tête basse, venait d'obliquer vers une ruelle populeuse. Assourdi par la rumeur, cherchant dans la couleur du jour un sens à cette précipitation des signes, il vint se poster à quelques mètres de l'endroit, sous un arbre étique qui perdait ses dernières feuilles. Une vitrine empoussiérée, sans enseigne, laissait entrevoir des photographies encadrées au milieu d'autres racornies par le soleil. L'appel du muezzin s'éternisa, guttural dans les haut-parleurs. Il se sentit soudain terriblement seul, vide de toute pensée, en rescapé d'il ne savait quel sinistre. Une sensation ouatée de privation lui creusait la gorge et le ventre. Le visage de Falastìn prit vite les contours de ce manque. Un flot inattendu d'évocations le submergea. Tout lui revint dans une brûlante effusion d'images – sa silhouette d'elfe, sa démarche un peu tendue, ses brusques abandons de jeune fille. Elle lui souriait d'un air penché qui voilait d'une cascade de boucles ses pupilles dilatées aux lueurs de mica. Elle l'entretenait d'une toute petite voix des discrétions utiles à la survie et des luttes ordinaires contre la désespérance. Aussi, parfois, elle s'immobilisait, muette et grave, dans la posture concentrée de l'hypnose. Cette folie en elle avait une force de séduction insoupçonnée. Tout son être rayonnait alors d'une volonté obscure, proche de la terre, du souffle du vent dans les amandiers, de la grande nuit forgée d'étoiles et de songes.

Avant de le quitter, elle lui avait expliqué qu'ils pourraient se revoir plus tard, au gré des contingences, qu'elle allait vivre à Hébron, mais dans la vieille ville, chez une sœur d'Asmahane, pour instruire les enfants des plus pauvres confinés en zone occupée, également dans l'espoir de reprendre ses études.

Chancelant sous son arbre depuis un temps indéterminé, il découvrit avec stupeur que la nuit tombait par syncopes continues, effaçant peu à peu les mouvements de la rue. Il se ressaisit et, dans la crainte d'être repéré, courut enfin heurter la porte de la boutique aux portraits. Quelqu'un s'approcha, silhouette floue derrière la vitre empoussiérée. Un œil agrandi affleura l'épaisseur du verre. Après un long regard de poisson dans son bocal, la porte s'ouvrit et un visage s'éclaira.

— C'est toi, le fils d'Asmahane, je te reconnais malgré le temps. Entre ! Tout le monde te croyait mort, sauf ta pauvre sœur qui n'a plus toute sa tête…

L'homme, rabougri dans sa blouse grise, le crâne dégarni, souriait avec un air de douce myopie.

— Entre vite ! Il ne fait pas bon rester dehors, ce soir. Tu n'as pas de bagage, très bien, nous te fournirons le nécessaire. Mais il est déjà tard, tu dois mourir de faim. Je vais fermer à double tour…

Dans la pénombre, l'intérieur du magasin laissait discerner une vue de Jérusalem, une autre des pyramides d'Égypte, grands pans grisâtres découpés sur fond de muraille. Des réflecteurs fluorescents et un drap noir tendu devant un trépied achevaient de camper les lieux. Un instant distrait, Abdallah Manastir s'empressa d'abaisser le store d'acier au moyen d'un système de poulies à manivelle.

— Oui, je suis photographe, reprit-il, un doigt sur le bulbe de cuivre du commutateur. J'ai fait de beaux portraits de toi quand tu étais petit, mais tu as oublié. Ton père t'amenait lui-même, c'était un monsieur, ton père, plein de bon sens, courageux, un authentique héros. Il était contre le terrorisme, ça ne l'a pas empêché d'être abattu.

La lumière givrée d'un tube au néon illumina l'atelier, avec ses présentoirs et ses décors de carton, laissant dans la pénombre une arrière-salle ouverte, mi-cuisine mi-laboratoire. Au-delà, quelques marches donnaient sur un couloir obscur. Un miaulement résonna, abyssal, du fond d'une ancienne jarre à huile, avant qu'apparaisse une petite tête lunaire aux yeux de déesse.

— C'est Muezza, la chatte du prophète. On raconte qu'un jour, pour ne pas déranger son sommeil, il déchira la manche de sa tunique.

L'animal s'extirpa d'un bond du grand vase et vint humer les basques du nouveau venu. Celui-ci, toujours silencieux, cherchait désespérément un sens à la succession précipitée d'événements qui avait bousculé en lui toute clairvoyance. Pourquoi fallait-il changer aujourd'hui d'habitat, loin de Falastìn et de sa mère aveugle ? La pensée de la jeune fille était un fil tendu au-dessus de ce chaos de mésaventures. La revoir constituait pour l'heure son unique aspiration. Mais il se rappela lui avoir promis d'accepter sans réserve le refuge à Hébron. Sur un mur, au-dessus d'une espèce d'établi, des portraits pâlis de femmes s'alignaient, la plupart sans voiles, fillettes rieuses à la peau sombre et aux dents étincelantes, bédouines en robe surfilées de losanges de dentelles et portant sur l'épaule des broussailles du désert, ancêtres à boucles d'or contemplant un monde lisse à travers une nasse de rides remontée d'un gouffre.

— De belles photos artistiques, n'est-ce pas ? dit Manastir en se rapprochant. C'est mon oncle qui les a réalisées du temps de l'Empire Ottoman. Avec un des tout premiers Kodak. *You press the button, we do the rest !* C'était la réclame. J'ai conservé l'appareil. C'est une pièce de musée. Mon cher oncle fabriquait aussi des autochromes couleur de guerre. J'ai tout appris de lui...

Une femme entièrement vêtue de noir, le bas du visage voilé, se détacha des ténèbres du corridor. Elle descendit pesamment les marches.

— Aïcha, mon épouse ! déclara le vieil homme sans même la regarder. Jamais elle ne s'est laissé photographier par moi ! La religion le lui déconseille. Mais sa cuisine est divine, grâce à Dieu.

Tandis qu'elle tournait déjà les talons avec la même lenteur bougonne, il fit un signe de connivence au jeune homme et lança :

– Le maklubeh aux aubergines n'attend pas !

Tous deux la suivirent au-delà de l'escalier. L'obscur corridor incurvé en demi-cercle n'en finissait pas. Quelques marches à nouveau, peintes en blanc pour signaler l'obstacle, débouchaient dans une vaste pièce au plafond bas, de l'autre côté d'une solide porte de chêne.

— C'est chez nous, dit fièrement Manastir. Par ici, l'entrée donne de plain-pied sur une ruelle surélevée. Inutile de passer par le magasin...

Une table était dressée sous le faible éclat d'un plafonnier à vasque et breloques de verre. En retrait, deux hommes silencieux patientaient. Le plus jeune, en survêtement vert et baskets, les poings dans les poches ventrales de son jogging, était nonchalamment adossé contre un buffet de formica ; l'autre, tête grise grêlée de pelade, mal à l'aise dans son vieux costume à veste croisée, semblait au garde-à-vous derrière sa chaise, une expression de détresse mal contenue sur toute sa personne. Le photographe fit signe à la petite assemblée de prendre place tandis qu'Aïcha, son épouse caparaçonnée, disparaissait dans la cuisine. Il s'adressa aux deux hommes :

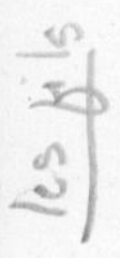

— Je vous présente Nessim, notre nouveau locataire, le fils d'un cheik assassiné par l'occupant. C'est une tête, il a étudié ! Vous connaissez peut-être sa sœur Falastìn qui milite avec les internationaux et ceux du *Hadash*. Tous les pacifistes, quoi !

— Cette idiote devrait plutôt prendre un fusil ! s'écria le plus jeune.

— Je ne crois pas, Omar ! répliqua Manastir sans élever la voix. Il faut patienter, lutter sur les fronts de l'opinion, de la politique locale et de la diplomatie. Nous atteindrons notre objectif en tournant une fois pour toutes le dos aux attentats-suicides et à l'Intifada armée.

— Quel objectif ?

— Tu le sais bien : un État en Cisjordanie et dans la bande de Gaza délimité par la Ligne verte avec une vraie solution au problème des réfugiés, l'évacuation totale des colonies, et Jérusalem comme capitale partagée garantie par un statut international.

Pour toute réponse, Omar émit un ricanement, puis il haussa les épaules en se frottant les mains :

— *Bismillah !* Comme on dit, le maklubeh ne peut attendre…

Les quatre hommes s'attablèrent autour du plat fumant qu'Aïcha venait de retourner dans un grand légumier de faïence.

— Lui, c'est Mohammed, dit encore Manastir en désignant d'un vague mouvement de coude son voisin de banc.

— *Ismi Mouhammad*, acquiesça l'homme au costume croisé avec un sourire désolé qui découvrit une denture de vieux cheval.

— C'est un réfugié du camp d'al-Arkop, un bon maçon un peu dur d'oreille, poursuivit le photographe. Ses deux fils ont été tués l'an passé, à l'*iftar* du premier jour du ramadan. Ils appartenaient tous les deux aux brigades al-Quds. Mohammed l'ignorait. Il n'a rien à voir avec le Jihad. Mais va expliquer ça à l'occupant. Je ne donne pas cher de sa peau…

L'homme écarquillait drôlement les yeux à travers la vapeur, comme s'il tentait de voir dans l'avenir. Gêné, il attendit pour manger qu'on l'y invite. Le pain de froment s'effritait entre ses doigts crayeux et durs.

— Et toi, tu te rappelles du pays ? lui demanda Omar en criant presque, mais d'un ton détaché.

— À peine, marmonna Mohammed. Je me souviens seulement du nom de mon village : al-Bassa, entre Haïfa et la frontière du Liban. J'étais petit au moment de l'exode. Maintenant les réfugiés ne savent plus que répéter les histoires de leurs pères…

L'épouse du photographe vint pousser une carafe d'eau et quatre verres sur la table. Le souffle court, une main sur les reins, elle retourna plaintivement dans sa cuisine.

Omar remplit à ras bord l'un des verres et le but d'un trait. Une contraction bouffissait les linéaments de son visage qui, singulièrement, paraissait plus juvénile encore. Il avait posé ses couverts et s'agitait, comme s'il ravalait des paroles décisives. Son regard se concentra avec une abrupte intensité sur le nouveau convive.

Un peu plus tard, en servant le thé, Manastir revint sur la situation dans la vieille ville.

— Mêmes les organisations humanitaires ne peuvent plus accéder aux zones tampons autour de la mosquée d'Ibrahim. L'armée et les colons veulent vider le secteur de sa population. En attendant la construction du mur…

— C'est partout pareil, l'humiliation ou la répression ! L'armée d'occupation protège les colons qui rêvent de nous exterminer. Seul le djihad nous sauvera des sionistes !

En disant ces mots, Omar n'avait cessé d'observer son vis-à-vis, lequel buvait le thé, l'esprit toujours accaparé par la pensée de Falastìn. Nerveusement, le vieux photographe frappa la table de ses paumes ouvertes.

— Le terrorisme est responsable de presque tous nos malheurs. Le mur, le morcellement des territoires, l'asphyxie de notre économie, voilà le résultat. Nous devons lutter sans haine pour notre indépendance.

— Moi, j'ai la haine ! lança Omar. Enfant, j'ai vu mon père battu à mort par les soldats rentrés en force dans la maison. Il faut tout faire sauter chez eux !

— Ce n'est pas la solution ! répéta vivement Manastir.

— Dieu le sait ! Par le saint Livre, si tu es contre notre combat, chasse-moi de ta maison, je comprendrais…

— J'ai lu moi aussi le Coran, dit plus calmement Manastir : "Et si l'un des sectateurs te demande asile, accorde-le lui, afin qu'il entende la parole divine, puis conduis-le en un lieu de sécurité. Car ces gens-là ne savent pas." C'est extrait de la neuvième sourate, *At-Tawbah*, l'une des plus critiquées pour son intolérance…

6

Un rêve l'éveillait toujours au milieu de la nuit. On avait mitraillé la voiture. La cervelle de son père éclaboussait sa robe. Elle-même était mourante. Le klaxon bloqué hurlait continûment. Dans la lumière sanguinaire, l'un des assaillants s'était détaché du feu. Il avançait les mains nues vers le véhicule en criant aux autres d'arrêter, de ne plus tirer. Elle le reconnaissait, elle l'aurait reconnu entre tous les anges du ciel. Nessim marchait vers elle dans un brusque silence. Son frère sorti des rangs lui portait secours. Pourquoi s'était-il travesti en soldat ennemi ? Il y avait un trou dans le crâne de son père par où brillait le soleil matinal. Elle-même était atteinte au plus vulnérable. *Al Alb al Alb*, murmurait une voix, *le cœur sur le cœur...* Ses paupières alors palpitaient sur la nuit entière. Falastìn restait songeuse avec cette douleur ouverte. Rien ne viendrait jamais la sauver en ce monde. Elle avait reçu une blessure trop intime, à l'intérieur, dans l'immatérialité de sa chair, et si loin hors d'elle aussi, dans l'étrange inhumanité des choses.

À demi endormie, brume au-dessus d'un lit de voiles, Falastìn se souleva sans effort et s'approcha à tâtons de la fenêtre. Elle détacha la crémone pour écarter les lourds volets qui gémirent. Un chat dans la nuit répondit à cette plainte. Sur les hauteurs d'Hébron un croissant de lune scintillait. Appuyée à la rambarde, elle crut voir des entassements de caveaux parmi les cyprès et les eucalyptus. Une senteur mêlée d'encens et de pourriture montait des rues obscures. Là-bas, près de la forteresse mystique où juifs et musulmans veillent dos à dos les tombeaux vacants des Patriarches, deux projecteurs balayaient les façades des palais ottomans et des édifices insalubres où, après la fuite massive d'une partie du petit peuple, la fraction la plus pauvre ou la plus obstinée subsistait dans un climat durable de couvre-feu. Les blockhaus surélevés des petites colonies de la rue Shuhada – en aval des chantiers de la nouvelle route privée reliant l'ensemble suburbain de Kiryat Arba, du nom antique d'Hébron, la Ville des Quatre – défiguraient nombre d'immeubles, avec leurs casemates bétonnées, les barbelés déployés en tous sens et les filets d'acier tendus en travers des toits et des terrasses. Au-delà de la vieille ville et partout sur les collines, des lueurs clignotaient, à peine distinctes des étoiles. On entendait seulement l'aboi d'un chien errant ou les pulsations du vent dans les minarets et les créneaux du Haram al-Khalil. Un couple de chauve-souris voletait étourdiment au-dessus d'un palmier rabougri. D'être menacée à tout moment rendait cette paix nocturne plus intense, comme l'attente muette du condamné.

Falastìn frissonna, troublée par un très subtil déplacement d'air.

— C'est moi, c'est Layla, murmura une voix dans son dos. Tu ne dors donc jamais ?

— C'est si merveilleux la nuit. La terre retrouve sa toute petite place au milieu des étoiles.

— Mais tu trembles de froid ! dit Layla en glissant un pan de son écharpe sur ses épaules.

Les genoux fléchis, Falastìn se laissa enlacer. Ses cheveux défaits roulèrent sur les seins de sa parente.

— Crois-tu qu'un jour, ils partiront, qu'ils nous laisseront enfin libres ?

— C'est écrit, ma fille. L'occupant se retirera dans un proche avenir pour ne pas être occupé à son tour. Simple question de démographie.

Falastìn évita de hausser les épaules. Elle connaissait les arguties des intellectuels palestiniens. Professeur d'histoire à l'école polytechnique de nouveau close par l'ennemi, sa tante Layla vivait seule dans cette maison haute de la vieille ville par défi du malheur ou mépris de l'adversité, malgré les contrôles incessants de l'armée et les menaces grossières des colons. Maître de conférences en philosophie morale, attaché aux universités de Naplouse et d'Hébron, son mari était en détention administrative depuis plus de six mois pour avoir participé activement au démembrement de plusieurs barrages dans la région de Bethléem. Passé tour à tour par les prisons de Kadomim, de Hawarah puis de Betah Takfa, il résistait mal aux mauvais traitements de ses geôliers qui voyaient en lui un intermédiaire entre les réseaux pacifistes et le mouvement de soutien international. Falastìn se souvenait d'un homme colérique, prêt

à fondre en larmes ou à déchirer sa chemise à la moindre contrariété, au demeurant illuminé de joie paisible quand il parlait d'Ibn Arabi, d'al-Hallaj ou de Sohrawardi, les maîtres soufis. Elle posa sa tempe contre l'épaule de Layla.

— Je donnerais ma vie…

— Donner ta vie ? D'autres l'ont fait pour rien. Il faut plutôt la sauver, sauver toutes les vies. Dans cette ville, autrefois, comme tu sais, il y eut des massacres de Juifs, de pauvres gens, des verriers, des maroquiniers qui vivaient là au fil des générations et depuis les siècles des siècles. Mon grand-père a sauvé de la tuerie une famille entière en 1929, il l'a cachée plusieurs jours dans sa maison. Ce n'était pas le seul. Il a toujours regretté de n'avoir rien pu faire pour son vieil ami le pharmacien Ben Tsion Gershon massacré avec tous les siens. Il y eut bien d'autres victimes du pogrom, des habitants authentiques, des rabbins descendants de rabbins installés à Hébron depuis les temps les plus reculés… Les survivants livrés à eux-mêmes ont tous fui. D'autres Juifs sont revenus bien plus tard, après la *Nakba*, ceux-là pleins de rancœur, beaucoup d'Occidentaux, des religieux fanatiques, également des descendants des victimes. Tu te souviens du carnage de la mosquée d'Ibrahim ? Ça se passait devant mes fenêtres. Le gardien de mon immeuble est rentré chez lui tout en sang, un bras fracassé. Maintenant il milite au Hamas. Ils sont des milliers comme lui. Tout ça à cause d'un fanatique, un colon de Kiryat Arba, le docteur Goldstein débarqué en tenue d'officier de réserve et armé de deux mitraillettes et d'un sac de chargeurs. Il a décimé la foule en prière en criant "Joyeux Pourim !" C'était en plein jeûne de ramadan, un jour de 1994. Après les émeutes et les protestations légitimes qui suivirent, l'occupant condamna tous les accès à la vieille ville et rasa des dizaines de maisons. C'est toujours les victimes qu'on sanctionne ! Depuis ces événements, on n'échappe plus aux couvre-feux et les colons sèment la terreur, ils se croient partout en terrain conquis, ils tirent à vue sur des enfants et jettent leurs ordures sur nos têtes. Le docteur Goldstein est un héros pour eux. Ceux qui n'ont pas fui murent leurs portes et leurs fenêtres. On ne peut circuler en relative sécurité que sur les terrasses grâce à des chemins de planches, au risque d'une balle perdue. Tu vois les drapeaux sur les toits ? Les soldats ont confisqué les meilleurs points de vue…

Layla avait débité son antienne d'une traite, sans quérir l'attention : tout le monde à Hébron se répétait sans fin les actes d'une histoire bloquée. Cependant elle se défendait avec ténacité de la claustration mentale, face à l'hystérie généralisée.

— Tout ça pour dire que la raison l'emportera sur l'intolérance et le fanatisme. Même si la vérité est sans parfum…

— La vérité ? murmura Falastìn.

— Ton oncle aimait bien citer cet adage d'Ibn Arabi : "Le scarabée abomine le parfum incomparable de la rose, et bien des hommes ne supportent pas d'entendre la vérité…"

Le vent tonnait dans les cheminées. Sous la lune pâlie, caroubiers et eucalyptus oscillaient spectralement. Les ténèbres des jardins du Tombeau des Patriarches furent un instant trouées de lueurs. Des cris sourds fusèrent. Une rafale de pistolet-mitrailleur dessina un pointillé bleuâtre, des chiens nombreux glapirent puis le silence se rétablit par ondes concentriques.

— Il faut refermer ces volets et dormir, dit Layla.

— Non, pas encore, est-ce qu'un homme est mort ?

— Comment savoir ?

— Quelqu'un peut mourir tout près sans que rien change. Les étoiles brillent comme avant, le vent souffle dans les arbres... Layla ?

— Oui ?

— J'aimerais mourir.

— Oh, tais-toi, *habibi* ! Tu es si jeune, tu es tout notre espoir. Comment oses-tu ?

Elle l'avait attirée à elle et la serrait fortement sans pouvoir contenir ses larmes. Falastìn s'abandonna, les yeux secs. Les seins lourds de sa tante s'écrasaient contre ses côtes. Retenue, elle se pencha sur la rambarde pour respirer l'âpre vacuité de la nuit. Des collines environnantes, l'odeur de sang des olives blettes se répandait par fades exhalaisons. Le cri d'un oiseau résonna dans la fraîcheur. Un bruissement de sonnailles, parfois, accompagnait au loin la plainte informe des troupeaux ranimés par l'aube proche.

Falastìn se laissa reconduire jusqu'à son lit. "Dors maintenant", souffla Layla dans ses cheveux. Elle ferma les yeux, livrée aussitôt au fond chaotique des songes.

Un remous d'images lentes et mêlées l'entraîna jusqu'à la chambre d'hôpital bornant sa mémoire. L'anesthésiste avait eu le temps d'esquisser un sourire. "Tout ira bien, disait-elle, on va seulement ôter cet éclat de métal." Mais un abîme glacé s'était ouvert où s'écoulait encore la cervelle de son père. Tout ce qu'elle avait vécu, aimé ou appris changeait d'un seul coup de sens et de couleur. L'analgésie avait paralysé son corps sans éteindre tout à fait la conscience. En elle, à ce moment, quelque chose de très subtil et d'acéré comme l'intuition de la fin s'était mis à résister follement. Elle refusait de se défaire du dernier lien vivant avec son père, comme si le coma imposé risquait de tourner la page. Petite fille, déjà, elle s'était convaincue qu'une pensée soutenue sans la moindre rupture avait le pouvoir de garder en vie l'homme absent. Mais il avait été tué par erreur, exécuté sur une route lumineuse entre Ramallah et Bethléem. Depuis lors, l'état de veille s'était ancré au plus profond d'elle. Même endormie, par-delà la tombe, il lui semblait suspendre le temps destructeur. Une tension muette en elle, jusque dans le sommeil ou les mornes fonctions diurnes, était la caution d'un vœu de fidélité jamais avoué. D'avoir touché un jour aux secrets, avec sur les lèvres un goût de cervelle humaine, l'avait rendue inapte à tout jugement. Elle s'était laissé envahir par le silence du monde, et désormais grandie, la peau sur les os, elle attendait simplement un peu plus de lumière. Avec leurs voix impérieuses et leur odeur forte, la plupart des hommes autour d'elle l'épuisaient. Et les plaintes recommencées des femmes mettaient ses nerfs à vif. À quelles fins ténébreuses les corps se déchirent, s'accouplent ou s'agglutinent ainsi mortellement ? Elle ne comprenait rien au désir ni à la haine. À peine couchée, l'envie de disparaître la prenait au ventre. Elle aurait voulu se dissoudre d'un coup comme une poignée de neige dans l'océan. Mais les rêves débordaient d'un puits nauséeux et souvent l'obligeaient à se lever pour vomir. Comment se défaire de cet atroce enlacement remonté d'un sépulcre ?

Les monstres s'éloignaient d'ordinaire avec l'approche du jour et une quiétude duveteuse la recouvrait quelques heures. Elle s'enfonçait alors au plus noir du sommeil ou bien reprenait le crochet d'un napperon de dentelles qui lui rappelait la douceur d'Asmahane.

Dans l'incertitude de l'aurore, un soudain vacarme la tira des abysses. Falastìn courut jusqu'aux volets qu'elle repoussa des deux bras. Les toits et les terrasses reflétaient un ciel de marbre veiné de mauve à l'horizon. Des chocs violents, suivis d'une sourde déflagration, ébranlèrent l'immeuble. Elle eut juste le temps d'apercevoir les jeeps blindées des services spéciaux et de la police des douanes. Une main ferme l'écarta de la fenêtre. En chemise de nuit, Layla tremblait d'effroi.

— Ils vont tout casser ! dit-elle. C'est pour le gardien, sûrement. Mais que faire ?

Falastìn glissa d'entre ses bras et courut vers la porte. Elle avait saisi son anorak au passage et dévalait pieds nus l'escalier malgré les supplications de sa tante restée sur le palier. Près du seuil, à mi-étage, elle arrêta sa course, hors d'haleine. La porte d'entrée du rez-de-chaussée sortait de ses gonds, à demi renversée. Les soldats venaient de faire sauter à l'explosif celle, blindée, du gardien. Ils étaient une dizaine, mitraillette au poing, à piétiner des gravats et des planches. Des enfants en pleurs hurlaient au fond du logis tandis qu'un homme jeté au sol, la face blanchie de plâtre, était menotté par un sous-officier hilare. La jeune femme effarée contempla la scène comme surgie des décombres de son sommeil. À travers la poussière soulevée, une seconde, elle entrevit le papier peint des murs avec son motif jauni de palmes et de coquillages, le mobilier de garni, la sourate calligraphiée dans un cadre et les tapis de corde, les malles entassées, le linge sur les chaises.

— Stop ! dit-elle en s'élançant. Cet homme n'a rien fait de mal...

Elle eut presque envie de rire en criant ces mots. Dieu ignore-t-il que le mal existe ? Elle surgissait, minuscule, du délabrement d'un immeuble vidé de ses habitants, et s'écriait avec un accent impossible :

— *Leave him ! He did not do anything !*

Les membres du commando d'intervention avaient tous relevé la tête, ébahis par la chétive vénusté de cette indigène aux pieds nus. Un instant décontenancé, l'officier, un sépharade à la peau de bronze, ordonna d'embarquer la fille avec le gardien menotté. On les poussait déjà dans la rue, vers un command-car grillagé, quand Layla apparut à son tour en bas de l'escalier.

Elle avait pris le temps de se vêtir d'un tailleur strict à l'occidentale et de nouer ses cheveux. C'est dans un hébreu parfait qu'elle interpella l'officier.

— Qui vous êtes, d'abord ? bougonna celui-ci, prêt à donner l'ordre du départ.

— Je suis professeur, j'enseigne l'Histoire, dit-elle d'une voix chevrotante. Libérez ma nièce !

— Trop tard pour elle ! On l'emmène au contrôle.

Layla se souvint que le laissez-passer de Falastìn ne quittait pas la poche de son anorak. Elle ôta alors ses souliers et les tendit au soldat incrédule.

— Ne la laissez pas prendre froid, dit-elle seulement.

Le convoi repartit à vive allure à travers la vieille ville. L'aube tranchait des ombres d'un seul tenant, bleues et géométriques, dans les rues désertes. Les drapeaux de l'occupant flottaient ici et là, sur les façades et les toits. Les stores de boutiques et les murs barbouillés de slogans, les chantiers noircis par le feu, les rues barricadées de cloisons de ferraille ou de béton succédèrent aux antiques et muettes demeures du centre. Tout le temps du voyage, derrière les grillages du fourgon, Falastìn ne put quitter des yeux le gardien de l'immeuble qui sanglotait. Était-ce de frayeur, de rage ou d'humiliation ? Ralentis par les barrages, les véhicules militaires gagnèrent leur base à la limite du faubourg ouest.

On la sépara du vieil homme à la face emplâtrée pour la conduire au bloc administratif installé dans un hôtel réquisitionné, morne bâtisse tout enrubannée de rouleaux de barbelés sur les piquants desquels voletaient maints sacs en plastique gonflés par le vent. L'officier à la peau sombre fit signe à deux jeunes femmes en uniforme qui somnolaient derrière un comptoir. Leurs képis étaient accrochés en place des clefs sur le suspensoir de bois verni.

Conduite dans un petit salon qu'une double porte vitrée rendait visible du hall, Falastìn dut se dévêtir derrière un paravent. La plus jeune des soldates, une caporale aux cheveux crépus et aux yeux trop écartés, d'une singulière transparence, s'excusa de cette obligation.

— J'ai l'habitude, dit Falastìn.

— Vous êtes étudiante en droit ? s'enquit l'autre en compulsant ses papiers.

— J'essaye, tant bien que mal…

— Moi, j'ai fait deux années d'économie à Jérusalem, déclara la cadette sur le ton de la confidence. Puis j'ai perdu mon père au Liban l'an passé…

— Pourquoi demeurez-vous en secteur H2 ? coupa assez vivement sa collègue, grande blonde à la forte poitrine et aux traits las qui venait de rabattre l'antenne d'un talkie-walkie.

— J'aide ma tante qui vit seule et je m'occupe d'enfants en difficulté, répondit Falastìn sans marquer le moindre affect.

— Le mari de Layla Souss qui vous héberge est écroué pour dégradation volontaire et réitérée de constructions de sauvegarde.

Falastìn ne put s'empêcher de rire. Si menue dans sa chemise de nuit au col ouvert, ses longs cheveux noirs en éventail sur les épaules, elle déconcerta l'adjudante qui se crispa pour ne pas pouffer.

— Bon ! dit-elle, je vais demander à mon supérieur de vous faire coffrer par précaution. Hein, qu'en dites-vous ? Direction la prison des femmes de Névé Tirza…

— Mais vous n'avez aucune charge contre moi, répliqua calmement la jeune femme coutumière des tentatives d'intimidation.

— Et la détention administrative, vous connaissez ? ironisa l'adjudante. En attendant de mieux vous connaître !

En chemise de nuit, son anorak au bout des bras, Falastìn considérait avec une attention aiguë la pointe de ses pieds, subitement confuse d'avoir dépossédé Layla de ses souliers. Quelqu'un pénétra dans le hall à ce moment, une haute silhouette un peu voûtée qui se dirigea d'un pas sonore vers le salon. Les soldates préposées au contrôle des femmes saluèrent au garde-à-vous, vaguement gênées, un œil sur la prévenue exposée aux regards.

— Que se passe-t-il ici ? demanda le major qui n'avait pas encore reconnu Falastìn tournée de trois quarts, les épaules nues, son beau visage mollement infléchi sous un voile de cheveux.

— Inspection en règle d'un sujet récalcitrant ! déclara la blonde, mâchoires et buste tendus.

Quelques secondes assailli par le malaise sourd d'une impression de déjà-vu sans doute liée à la lumière crue sur les uniformes, autant qu'à la frêle jeune fille penchée, le major aperçut enfin son profil de neige au front lisse, aux prunelles à fleur de nuit, aux lèvres pourpres et légèrement saillantes comme une rose entre les dents.

— Mais c'est la fille d'Asmahane ! s'exclama-t-il. Je la connais très bien ! Quel idiot l'a conduite ici ?

Seul haut gradé présent dans le camp militaire à cette heure, avant sa relève au principal check-point d'Hébron sud, il prit sur lui de reconduire la prévenue dans sa jeep.

— C'est contre le règlement, crut bon d'avancer l'une des soldates.

Une fois dans le véhicule blindé, l'officier partit à rire.

— Vous me remettez, j'espère ? Major Mazeltof, on ne peut pas oublier. Ça veut dire "bonne chance" en hébreu...

Installée par discrétion à l'arrière, Falastìn se souvenait certes du fringant jeune homme venu proposer ses services dans la maison de sa mère. Elle le trouvait vieilli, mal dans sa peau, avec un air de nervosité, presque de fièvre, que masquait à demi l'attention allègre qu'il s'efforçait de lui manifester.

— Je quitte mes fonctions, dit-il brusquement. Je vais remettre mes grades. On m'emprisonnera...

— Vous ne devriez pas, murmura Falastìn.

— Des enfants tombent fréquemment sous les balles

des soldats, les bavures se multiplient en pleine illégalité, malgré les ordres et les sanctions prévues par la Cour suprême. On croirait que les recrues n'obéissent qu'aux colons et aux pires activistes de l'état-major…

— Vous devriez rester.

— Je préfère rejoindre le camp damné des refuzniks !

Il se reprit, d'une voix éteinte :

— Ont-ils eu le temps de vous enregistrer, au poste ? Si c'est le cas, vous serez privée de votre carte d'identité ordinaire. Une autre carte excluant tout droit de quitter votre lieu de résidence la remplacera. C'est comme ça dans les territoires, quiconque est appréhendé, serait-ce pour avoir enfreint le couvre-feu, est fiché par les services de renseignement…

— Je le sais bien, dit Falastìn. Les filles du contrôle m'ont rendu mes papiers, grâce à vous.

— Elles feront sûrement leur rapport, un de plus !

Le major Mazeltof ralentit à proximité du Tombeau des Patriarches. Des soldats en armes patrouillaient le long des murailles.

— C'est amusant, dit-il avec un entrain joué. Vous, musulmans et nous, juifs, nous ne parvenons à être d'accord que sur des fables. Voilà bien le seul endroit au monde où on trouve une synagogue et une mosquée sous un même toit. Mais croyez-vous vraiment qu'Adam et Ève, Abraham et les autres soient inhumés là-dedans ?

L'appel du muezzin retentit sur ces mots. La jeep contourna les jardins et gagna les hauteurs de la vieille ville. Seuls circulaient quelques mules chargées de couffins, des vélos et des triporteurs. Le silence de la jeune femme, si proche derrière lui, l'émut comme une sorte de complicité ou de secrète harmonie. Il l'épiait dans son rétroviseur, troublé par la juvénile gravité de ses traits.

— Adam et Ève s'aimaient-ils ? demanda étourdiment le major. Vous avez bien dû remarquer ? À part le *Cantique des Cantiques*, il n'est jamais question d'amour dans la Bible, pareil pour le Coran…

Comme sa passagère demeurait muette, il appuya nerveusement sur l'accélérateur et se mit à bredouiller.

— Moi, je pourrais tellement vous aimer, Falastìn ! Je pourrais être pour vous, pour toi, oui, le plus tendre, le plus dévoué des compagnons…

— Aimer, aimer ? balbutia-t-elle au sortir d'une rêverie amère. Aimer, n'est-ce pas mourir ?

7

Manastir rangea son atelier à petits pas. Il venait d'éteindre les spots qui éclairaient son vieux décor de carton peint où l'on reconnaissait, sur un seul plan naïf, les pyramides d'Égypte, une vue composite de l'enceinte de Jérusalem avec la citadelle et le dôme d'or de la mosquée du Rocher, un paquebot en rade de Beyrouth et quelque palais des *Mille et Une Nuits*. Il avait tiré le portrait d'une famille de bédouins sédentarisés qui tenaient dans le quartier un petit commerce de nattes de prière, de keffieh et de couvertures en poil de chameau. La photo irait consoler ou divertir un fils prodigue parti deux ans plus tôt oublier l'adversité et faire fortune en Amérique. Il avait également établi les identités en planche contact de toute une classe d'enfants qu'un instituteur féru d'archéologie espérait pouvoir conduire en excursion sur la côte est de la mer Morte. Dans la pénombre du magasin, Manastir allait d'une étagère à l'autre, dépoussiérant des cadres, rangeant des cartes postales, peu décidé à baisser son store malgré l'heure tardive. Depuis l'arrestation de Mohammed la veille, appréhendé sans ménagement dans la ruelle haute alors qu'il revenait du bazar, il savait que son commerce était directement menacé. Même si le réfugié d'al-Arkop ne cédait rien aux interrogatoires, les services de renseignement remonteraient sans mal la filière. Il pouvait tout craindre d'une éventuelle perquisition. Manastir avait fait le vide autour de lui ; sa femme, atteinte depuis des années d'une maladie dégénérative qui eût nécessité un suivi médical inaccessible à Hébron, était partie cahin-caha se reposer chez les siens, dans la montagne. Omar et Nessim, ses derniers hôtes, passeraient la prochaine nuit dans la vieille camionnette dépecée qui finissait de rouiller au secret d'un garage de planches attenant à la maison. À moins de végéter en indigents dans cette guimbarde, il faudrait bien qu'ils se débrouillent seuls au matin, de préférence chacun pour soi. Lui était à bout de ressources. Sans rien soupçonner de ses services, les politiques locaux censés administrer en toute souveraineté le secteur H1 lui monnayaient leur soutien, et les religieux qui n'avaient jamais approuvé sa profession d'escamoteur de visages le menaçaient aujourd'hui de sanctions pour sa libre parole. Fatigué, Manastir admit qu'il serait peut-être parti grossir la diaspora palestinienne, quelque part en Europe, si l'âge le lui avait permis. Il finit par éteindre les néons sans fermer encore, afin de contempler le brunissement ocre sur les façades fissurées des immeubles à l'abandon qui avaient vieilli au même rythme que lui.

Derrière sa vitrine, il vit se détacher la silhouette d'Amoun. Sa casquette vissée sur un crâne osseux de buffle, le ferrailleur se dirigeait tranquillement vers lui.

— Un paquet pour Nessim, dit-il en poussant la porte. Ça vient de la petite sœur...

— Par la poste des check-points ! grommela le photographe, un œil sur les fenêtres. Entre donc boire un thé.

— Non, adieu. Je dois retourner au village avant la nuit. Souviens-toi du gitan…

Le rideau de fer se déroula dans un doux vacarme. Manastir, comme chaque soir, jeta un regard sur le portrait de son père vêtu en notable ottoman, avec fez et moustaches laquées, réalisé par son oncle aux premiers temps de la Palestine mandataire. Au bout du couloir, une fois dans l'entresol, il se souvint de l'enveloppe remise par Amoun, laquelle n'avait d'ailleurs pas quitté ses mains. "Une petite laine, songea-t-il en palpant la molle épaisseur, une écharpe tricotée pour l'hiver." Un étroit passage à ciel ouvert menait directement au box. Manastir tendit l'oreille. Ses protégés semblaient en pleine discorde. L'un d'eux haussait le ton avec une sombre ferveur.

— J'ai un plan d'enfer ! Quand tu en auras assez de ce maudit bantoustan, tu n'auras qu'à me suivre et obéir…

Les deux transfuges étaient accroupis autour de la flamme courte d'une lampe à pétrole. Occupé à battre un jeu de cartes sur le ciment, Nessim n'écoutait pas vraiment le jeune homme en jogging. La pénombre se resserrait autour de la lampe. Manastir était entré par la porte latérale, la mine défaite. Surpris, tous deux se levèrent pour le saluer. Nessim reçut le paquet de Falastìn avec une perplexité joyeuse.

— C'est pour moi ? demanda-t-il, effaré qu'on puisse avoir pensé à lui.

— C'est normal qu'une gentille sœurette soigne son frangin…

Omar avait cligné de l'œil en disant ces mots. Une nuance d'amertume pinçait ses lèvres. Nessim finalement préféra fourrer l'enveloppe déchirée sous son blouson.

— Montez dans la camionnette, dit Manastir en mouchant la lampe. Dormez bien jusqu'à demain et filez. L'endroit n'est plus sûr.

Ils obéirent en silence une fois leur hôte sorti. Côte à côte à l'arrière du véhicule, ils s'enfoncèrent dans la nuit, longtemps à l'écoute de l'esclandre insignifiant des choses – craquement d'essieux ou de planches, ruades de souriceaux dans les gouttières, sifflements de canalisations.

— Tu dors, Nessim ? demanda Omar sur un ton de sentinelle.

— Non, j'écoutais la pluie.

— Tu rêvais alors, il ne pleut pas. Que vas-tu faire ?

— La retrouver.

— Falastìn ? Elle est trop surveillée. Accompagne-moi plutôt. J'ai une planque sûre du côté du souk, à Bab al-Zawiya, en attendant de gagner Bethléem.

— Je préfère la retrouver, souffla Nessim.

— Libre à toi, mais si tu changeais d'avis, demande-moi auprès de Mossa Abu Khiran, le forgeron, derrière la petite mosquée.

Nessim avait posé sa tête sur le bout d'étoffe extrait de l'enveloppe. L'obscurité était maintenant totale à l'intérieur de l'habitacle. Il se dit que le sommeil allait venir, que l'absurdité de cette nouvelle nuit se résorberait bientôt dans le noir. La voix d'Omar ravivait encore des bribes de réalité. Un monde contraire à travers ses mots persistait...

— Le soleil d'Allah n'a pas d'ombre, tu m'entends ? Nous briserons l'oppression par sa volonté, c'est écrit. D'ailleurs, je vais tout t'expliquer : l'holocauste est une mystification des traîtres occidentaux pour s'accaparer nos terres, je l'ai appris à l'école coranique. Même Arafat était un valet du lobby juif. Il y a bien deux bandes bleues sur leur drapeau, hein ? Ces chiens veulent s'étendre du Nil à l'Euphrate ! Mais nous les jetterons tous à la mer...

— À la mer ? s'étonnait Nessim en s'efforçant de se représenter le phénomène.

Une rumeur née du vent et des heurts sourds du cœur dans les veines prit l'ample configuration marine : il voyait se perdre les flots sous une roseur ambrée où glissaient des goélands.

— L'idée, c'est de se faire éclater dans un bus ou dans un marché, poursuivit Omar. Je sais où trouver les ceintures d'explosifs. Il ne faut pas regretter cette vie d'opprimé. Plus tu fais de morts chez les sionistes, plus tu montes vite au paradis : c'est comme un carburant. Le *shahid* se purifie dans le sang de ses ennemis...

Nessim n'écoute plus. Des vagues nacrées l'entourent. À bord d'une barque ou d'un rêve, il laisse aller ses mains dans l'eau vivante. Des cerfs-volants colorent un ciel trop blanc. Ce n'est plus Omar qui parle mais Falastìn. Ses cheveux dénoués se gonflent d'air et l'esquif dérive au large, porté par cette voile battante. "Loin, loin de toute cette folie", murmure la jeune fille. Entre deux ailes noires, son visage est un livre ouvert d'où les paroles s'écoulent. "Loin des ruines de Susiah, dit-elle. Loin de Jérusalem." La chevelure de Falastìn répand son encre autour d'elle. D'un coup, la mer a rejoint la nuit sous un bouclier d'étoiles. Le sommeil est-il si proche de l'oubli ? Des formes confuses se mêlent et s'effacent. Une vie entière traverse l'éclair d'un songe. Mais quelle vie ? Le jour se lève.

Quelqu'un chuchote à son oreille : "Demande Mossa Abu Khiran, le forgeron, derrière la petite mosquée..."

Encore somnolent, trop épuisé par un branle-bas intérieur, il n'a pas remarqué le départ d'Omar. Ses yeux ont un instant cillé sur l'étoffe d'un keffieh. Il aurait voulu se relever, mais une chape est sur lui. La mémoire découpe ténèbres et prodiges. Des mots trop fluides, au goût de sang, humectent ses lèvres :

Tu retiens les paupières de mon âme
Et le trouble me rend muet.
J'ai pensé aux heures d'autrefois,
De siècles entiers, je me souviens.

Dans l'obscurité du cœur, un chant monte.
Est-ce l'esprit qui en moi s'interroge,
Est-ce la source tarie que le vent répand
Au gré du désert et pour les âges des âges ?

La pluie cette fois clochetait pour de bon sur le toit de tôles. Il entendit aussi le roulement bref d'un store qu'on hisse : le photographe ouvrait boutique de l'autre côté des murs. Lui devait se lever au plus vite et partir à son tour, comme Omar au point du jour. Fuir il ne savait quelle extravagante intimidation. Mais où aller sans vrai chemin au cœur ? Rien pour lui ne ressemblait à rien, des pantins en tous lieux s'intervertissaient en proférant d'énigmatiques malédictions. Au milieu des masques indéchiffrables, le premier visage gardait son sourire, seul rayonnant de refuge en cachette, dans la grisaille des ghettos arabes, derrière les murs et les barrières.

Les muezzins d'Hébron renouvelèrent leur chant, plus riche en échos qu'un concert d'étourneaux. Leurs voix se délitèrent bientôt, mêlées au vent et à la pluie : *lâ ilaha illa lâh* – les derniers mots de l'appel étaient-ils autres qu'un ruissellement sur le toit ?

Mais des crissements de freins et des claquements de portières succédèrent à la rengaine des siècles. Il y eut un grand fracas du côté des boutiques. Une vive succession d'explosions. Nessim rassembla quelques chiffons dans un sac à dos et sauta de la camionnette. Il quitta les lieux sans refermer le battant de planches et se perdit, affolé, dans les ruelles montantes. Quelques minutes plus tard, honteux de sa frayeur, il revint sur ses pas et contourna le pâté de maisons. Les jeeps venaient de repartir. Rassemblés devant le magasin du photographe, des voisins commentaient l'incursion. Les soldats avaient bousculé Manastir, lequel voulait empêcher la razzia. Ils l'avaient frappé au sol avant de détruire son matériel. On le soupçonnait d'héberger des terroristes. L'atelier n'était plus qu'un amas d'objectifs et de vitres brisés, de portraits lacérés ; même le beau décor de carton avait été mis en pièces.

— Où est-il ? Où est Manastir ? demanda Nessim.

Un bédouin aux yeux blancs, chèche étalé sur les épaules, lui fit signe de se taire avec force mimiques.

— Ils ont des espions partout, grommela-t-il en s'éloignant.

Le marchand d'en face, mal réveillé, la barbe grise sous le menton, décrivait le raid aux curieux : les jeeps et les half-tracks bloquant la rue, le commando s'engouffrant dans l'atelier. Avertis par le voisinage, des militants du Hamas réunis dans une salle communale proche auraient tenté de s'interposer, provoquant la ruée des soldats contingentés dans les véhicules blindés de transport de troupes. Les grenades assourdissantes lancées sur la foule avaient ajouté à la confusion. Par mesure de sécurité, le photographe déjà bien mal en point fut illico embarqué vers un camp militaire.

Son sac de toile sur l'épaule, Nessim contemplait le désastre de l'atelier. Les précieux négatifs du vieil oncle de Manastir jonchant le sol, les étagères démolies.

Et surtout l'antique appareil sur trépied désormais en morceaux parmi les débris du décor peint. Les traces d'une mise à mort ne l'eussent guère plus choqué. Il s'éloigna à son tour, une crampe au côté gauche. Des larmes voilèrent ses yeux sans qu'il comprît son trouble. Quelque chose manquait au monde, une couleur, un lien nécessaire.

La tête dépeuplée, une impression de vide dans la poitrine, il marchait au hasard, comme un éviscéré à l'écoute d'une musique funeste montée de tous les carrefours. Des chants arabes s'enlaçaient par bribes autour d'une vibration continue. Les vendeurs ambulants cabotaient entre les façades obscures sans varier leurs antiennes. Nombreuses, omniprésentes, les voix aiguës des enfants avaient la tonalité exacte des criailleries d'hirondelles dans un ciel d'été. Entrés la veille à Hébron, des paysans marchandaient leurs légumes sur les places. Quelques voitures privées et les taxis jaunes s'embouteillaient à tous les coins de rue. La foule du secteur H1 – femmes voilées, en jeans ou djellabas, jeunes gens désœuvrés, ouvriers en bleu de chauffe, mendiants dans leurs hardes flottantes – circulait par vagues lentes autour des palmiers et des kiosques. Pâle, le ventre noué, Nessim s'avisa de l'étrangeté des étoffes sur les corps, les visages. Des langes au linceul, la vie humaine avait quelque chose de larvaire, de jamais né dans ces linges. Comme si l'air ambiant menaçait de ses oxydations et de ses venins l'épiderme. Il croisait désespérément les regards en quête d'un signe de reconnaissance. Une apparence de familiarité émanait pourtant des physionomies ; il déambulait parmi des frères et des mères immémoriaux, des enfants nimbés d'ancestralité, d'intimes inconnus aux yeux d'éternité.

Près d'un immeuble en construction transformé en campement de bédouins, sur une avenue aux trottoirs ensablés par les nombreux chantiers, Nessim fut pris d'un léger vertige. Sa tête tournait dans l'éblouissement du zénith. Il tira du sac à dos son keffieh lavé et repassé par Falastìn afin de se protéger du soleil. En le déployant, un bristol griffonné s'en échappa. Il lut et relut le numéro de téléphone comme s'il s'agissait d'un message chiffré. Appuyé contre un citronnier au maigre feuillage, il s'aperçut qu'on l'observait à quelques mètres, depuis une berline grise garée en travers de la chaussée. Un homme mal rasé aux lunettes noires fumait, l'avant-bras gauche hors de la fenêtre. Son comportement avait peut-être éveillé l'attention d'un policier en civil. Manastir l'avait mis en garde contre l'esprit de routine des fonctionnaires de tous bords : un suspect n'a nul besoin d'être incriminable pour être happé dans un processus judiciaire aveugle. Face à la résistance pacifique ou armée toute secouée de schismes et de sécessions, d'abdications délictuelles ou d'aventures erratiques, il y avait trop d'accords réglementaires, de protocoles autorisés, de “mesures de sécurité conjointes”. Prévenu des risques liés à toute interpellation d'où qu'elle vînt, Nessim se précipita au premier carrefour et s'engagea dans une rue montante encombrée de marchands ambulants, en vis-à-vis de minuscules échoppes où s'étalait une bimbeloterie levantine obsolète, désormais soldée aux indigènes ; la foule y était assez dense pour s'y perdre. À la fin, mélodique, l'écho concordant des voix et des bruits de métiers l'accapara. Il ralentit le pas, attentif aux pulsations des murs dans la lumière braisée. Une flûte dialoguait avec le vent quelque part. Nessim essuya son visage de la pointe du keffieh. Assis sur la borne d'un porche, le jeune musicien en short et T-shirt crasseux l'observait avec une sorte de compassion hilare. Croisées sur le sol, des béquilles délimitaient son territoire.

— Tu as l'air perdu, dit-il sans écarter l'instrument de ses lèvres. Tu n'es pas d'ici ? Sûrement d'un camp de réfugiés : al-Amari, al-Fuwwar ? Tu meurs de faim, je connais ça. Viens t'asseoir ! Moi, c'est Mo'ah...

L'adolescent déposa sa flûte sur ses genoux et sortit un pain rond et des olives d'un sac en plastique.

— Mange ! J'ai ce qu'il faut.

La nuque tordue, les mains nouées autour de ses jambes, c'est avec une gravité enjouée qu'il considéra son invité chancelant.

— Puisque je te dis de manger ! s'exclama Mo'ah dans un rire. Depuis que les colons m'ont tiré dans les pattes, je me débrouille...

Nessim s'accroupit à côté de l'infirme. Bizarrement, il n'était plus inquiet. Les yeux verts de l'adolescent scintillèrent au soleil. Venue de nulle part, une formule hébraïque lui traversa l'esprit : *lekh lekha,* "va vers toi-même". En rompant la pita, il lui sembla reconnaître ses propres mains et s'étonna de leur tranquille autonomie. Des passereaux tombèrent d'un coup d'aile entre ses pieds. L'un d'eux vint picorer les miettes sur ses cuisses. D'une mobilité de toupie, sa minuscule tête focalisa tout ce que l'instant avait d'exclusif et de démesurément proche. Les bruits de la ville, les chants, la poussière retombée des collines imageaient fidèlement son abandon et il ne savait quelle étourderie fatale.

— Si je ne m'occupe pas de moi, qui s'en chargera ? poursuivit le jeune mendiant. *Et si je ne m'occupe que de moi, qui suis-je ?*

Nessim leva les yeux et dévisagea son bienfaiteur. Mais sa mine ingénue ne trahissait aucun sous-entendu. Repu, l'oiseau s'envola de ses genoux en pépiant vers les toits. Les autres passereaux tendaient prudemment le cou à proximité de ses souliers. Il songea avec une brusque exaltation à cet espoir sans nom qui lui brûlait les lèvres. Porté par des haut-parleurs, l'appel à la prière retentit aux quatre coins.

Mo'ah montra du doigt les volatiles.

— Au jour de la résurrection, ce n'est pas forcément les muezzins qui auront le cou le plus long !

Un groupe de jeunes Occidentaux attira l'attention pateline des boutiquiers. Appareils photo et caméras en bandoulière, ils badaudaient en s'interpellant en anglais. Mo'ah dissimula sa sébile sous ses deux pieds.

— Ceux-là sont des internationaux, nasilla-t-il. Des espèces de touristes missionnaires. Des fois, on dirait que c'est plus la haine des sionistes que nos malheurs qui les attirent. Ils sont utiles, mais je ne veux pas de leur pitié. La *zakât* est le quatrième pilier, c'est une obligation…

Il releva les pieds après leur passage et sourit, les yeux plissés, à l'adresse de l'homme au keffieh.

— Je sais qui tu cherches.

Nessim se souvint aussitôt du numéro griffonné sur un bristol. Il fouilla dans ses poches et vida en vain son sac sur le trottoir. Mo'ah se pencha vers lui, amusé. Comme l'escamoteur sort une carte de sa manche, il brandit le bristol au nez du fugitif.

— Où vais-je trouver une cabine maintenant ? demanda ce dernier.

— Rien de plus simple, dit le jeune infirme en tirant de sa ceinture un téléphone cellulaire. C'est un petit cadeau d'Allah ! Mais n'oublie jamais que l'ennemi nous écoute…

8

Ils n'avaient pu éviter le check-point de Qalandia, véritable forteresse de béton et de barbelés où l'attente durait des heures dans la colère et l'ennui. Papiers en main, la foule ordinaire des ouvriers quittant les chantiers et les manufactures, des étudiants ou des fermiers de retour des souks, piétinait, tête basse, parmi les petits vendeurs à la sauvette et les gargotiers de plein air. De l'autre côté, c'est à la criée que les chauffeurs de taxi annonçaient leur destination. Avertie des mutations au commandement du poste par un habitué du contrôle, Falastìn préféra rebrousser chemin malgré le temps perdu.

— Nous passerons derrière la colline de Tel-Rumeida, dit-elle à bout de patience. Mais il est tard...

Au coin d'une rue de Bab al-Zawiya, dans le centre où ne coulait aucun ruisseau, une gargote égyptienne à l'enseigne des "Jardins du séjour" était connue pour louer quelques chambres à la nuit. En cas d'urgence, les voyageurs bloqués par le couvre-feu ou la fermeture des barrages avaient l'habitude d'y recourir, depuis le partage de la ville. Surnommée la Maugrebine, une maîtresse femme au verbe haut tenait l'auberge à visage découvert nonobstant les fulminations d'un comité islamiste de quartier. Elle était secondée par un cuisinier athlétique aux paupières lourdes, Syrien alaouite d'origine grecque qui prétendait établir la liste des transmigrations animales ou humaines du premier venu contre quelques dinars jordaniens. Dans la salle basse aux murailles irrégulières teintées d'azuline du rez-de-chaussée, sous un nuage de vapeur, une clientèle d'hommes seuls mangeaient, buvaient le thé ou fumaient le houka devant un poste de télévision criard.

Le couple se faufila furtivement entre les tables basses et vingt faciès abrupts. Falastìn obtint qu'on rajoutât un lit de camp dans la seule chambre disponible. Les sourires entendus de la tenancière l'alarmèrent assez pour qu'elle ravalât son exaspération.

— Vous en faites pas ! lança la Maugrebine en encaissant le pourboire attendu. Ici, c'est la maison des métamorphoses, comme dirait le cuistot…

Dans la chambre du deuxième et dernier étage, une fois la porte verrouillée, la jeune femme se jeta dans les bras de Nessim, la lèvre mordue pour ne pas pleurer. Elle l'avait rejoint dans l'après-midi, quelques heures après son appel. Elle lui avait tout dit de ses craintes mais sans lui avouer l'essentiel.

— Nous partirons tôt demain, en espérant que rien n'arrive…

La fenêtre était ouverte en surplomb des souks et donnait à voir les draperies violettes des cieux sur les constructions en amphithéâtre où l'ombre s'installait par grands pans. Dans la vieille ville, par-delà les barrages de béton et les bâtisses murées de la ligne de séparation, seuls les quartiers investis par l'occupant étaient encore illuminés. Nocturne, l'enceinte hérodienne du Tombeau des Patriarches se découpait d'un seul tenant dans les transparences mordorées du couchant. Nessim s'accouda à l'étroite rambarde tout près de Falastìn qui s'était blottie dans l'embrasure. Des pleurs d'enfants, des musiques chantées, la sirène d'alarme d'une voiture ou le ronflement d'un groupe électrogène tapissaient le fond de l'air d'une sourde rumeur urbaine que venaient couvrir, trop distinctes, les voix aigres du poste de télévision.

— Le réseau est démantelé, dit Falastìn. Les services spéciaux connaissent toutes nos caches…

— Ils ont perquisitionné chez Manastir.

— Je sais, le docteur Charbi a été arrêté. J'ai si peur pour mamma…

Elle se tut, l'oreille tendue vers les bruits de la rue. Des cris d'oiseaux se perdirent au plus haut du ciel. Des groupes d'hommes vêtus à l'occidentale traversèrent la chaussée en s'apostrophant, rieurs. Une mule brayait désespérément quelque part.

— Son maître doit la battre à coups de trique, conjectura Falastìn. Sans doute parce que sa mule d'épouse restée cloîtrée au village lui manque ! Des fois, on se demande ce qui est le pire pour une femme…

— Et pour une mule ! osa Nessim.

Elle rit doucement, une main sur le garde-fou. Troublé, il considéra le fin poignet et les muscles tendus de l'avant-bras. Il posa ses lèvres au-dessus du coude, sans réfléchir. Elle ne bougea pas mais eut un long frisson. Son autre main pénétra dans l'épaisse chevelure. Falastìn s'inclina sur lui jusqu'à frôler sa nuque. Longtemps, elle respira son odeur en songeant aux jours et aux nuits passés à le soigner dans le grenier de sa mère. Elle connaissait tout de lui, sa chaleur, le moindre pli de sa peau, le goût de sa sueur et même ses rêves de fièvre quand le délire rameute les chiens errants de la mémoire.

— Que devenir maintenant ? dit-il sans se redresser. Je ne veux être une charge pour personne, surtout pas pour toi, Falastìn…

— Nous verrons bien demain. Asmahane te réclame, elle demande son Nessim…

— J'ignore qui je suis.

— Crois-tu que j'en sache plus moi-même ? Des fois, j'ai l'impression d'être prisonnière d'une mélodie fatale liée à ma vie, à mon enfance. C'est un peu comme si j'étais entraînée malgré moi dans une espèce de grand manège noir qui tournerait sans fin…

— Pourquoi ne pas partir ? dit-il en glissant un bras autour de sa taille.

Falastìn frissonna de nouveau, ses dents claquèrent un instant.

— Le vent se lève sur al-Khalil. On dit que l'ange d'Ibrahim bat des ailes sur le chêne de Mamré. Mais serre-moi fort. Je n'ai pas froid...

Les nues frangées d'or tournoyaient au-dessus des collines éteintes. Effrayé par la maigreur de la jeune femme, Nessim avait l'impression de serrer contre lui un pennage léger d'alouette ou de goéland. Jamais il ne l'avait vue porter à ses lèvres autre chose que des fruits ou des légumes cuits. Elle avait pourtant une belle denture perlée de carnivore. La fine étoffe des muscles et les os délicats affleuraient sous ses doigts. Des hanches étroites au torse, la même courbe creusait le ventre et soulevait, petite, une poitrine agitée, d'une douceur infinie. Une poignée de cheveux dans la main, elle avait tiré la tête de Nessim en arrière. Ses lèvres se posèrent, entières, sur celles entrouvertes de l'homme.

— Tu es mon frère et je t'embrasse, chuchota-t-elle souffle contre souffle. N'es-tu pas mon frère ?

— Je t'aime plus que la vie, pour toujours ! répondit-il paupières closes.

Elle rit nerveusement et d'un coup de reins se redressa en poussant un faible cri.

— J'ai peur, dit-elle. Nous sommes déjà comme deux morts, toi et moi. Tu connais ces vers de Darwich ? "Les deux absents : toi et moi, moi et toi, les deux absents..." Personne ne peut plus nous atteindre, mais j'ai si peur.

— Tu as seulement un peu froid, *ahouvati.* Je ne te quitterai jamais...

Au bord des larmes, Falastìn retint sa respiration, puis voulut parler fermement, mais elle balbutia :

— Si un jour je disparaissais, ne t'inquiète pas trop, mon amour.

Nessim sentit un bloc d'effroi en lui. Il répliqua dans un tressaillement :

— Si tu mourrais ?

— Non ! Si pour un motif quelconque, tu ne me voyais plus...

— Si je devenais aveugle comme Asmahane ?

Elle rit et se tut, une main contre sa joue ; doucement enfin, en impossible confidence, elle lui baisa l'oreille.

— Garde confiance en moi, garde confiance, oh, *habibi !*

La nuit maintenant s'étendait sur les collines. On distinguait davantage les concentrations de lumières, depuis les immeubles investis et les postes militaires de la vieille ville jusqu'à la colonie de Kiryat Arba. Partout en deçà et sur les hauteurs, les ténèbres piquées de lumignons recevaient la froide clarté des étoiles. De loin en loin, l'appel de l'*icha* retentit d'un minaret l'autre. Plus bruyante encore, la voix métallique des actualités télévisées montait du rez-de-chaussée dans un brouhaha de vaisselle heurtée, de rires soudains et de claquements de dominos. Défilait, comme un bulletin de météo marine, l'inventaire sans fin des perturbations humaines : arrestations et rafles sanglantes à Ramallah, nouveaux combats fratricides au Sri Lanka, massacres intercommunautaires en Irak...

— C'est bientôt l'hiver, chuchota Falastìn.

— L'hiver à Hébron est comme un printemps.

— Il neige parfois sur les collines...

“Selon l’organisation *Human Rights Watch*, le conflit du Darfour comptabilise plus de trois cent mille morts et trois millions de réfugiés, la plupart privés de toute aide humanitaire…”

Nessim écoutait le sinistre débit sans comprendre.

— Ce n’est pas si loin…, dit la jeune fille en se pelotonnant au creux de sa poitrine.

— De quoi parles-tu ?

— Rien, la guerre n’est jamais loin.

“Deux ouvriers palestiniens ont été tués et trois autres blessés quand les forces israéliennes ont ouvert le feu sur la voiture qui les conduisait au sud de Naplouse par la route reliant le point de contrôle militaire d’Howara et la colonie illégale de Bracha…”

— Ferme la fenêtre ! s’écria Falastìn. Tout ça est trop épouvantablement banal.

Les voix s’estompèrent et les bruits de la ville. L’ombre d’un sourire aux lèvres, la jeune femme disparut dans la salle d’eau avec son sac de cuir. Les canalisations vibrèrent par à-coups ; des écailles de plâtre tombèrent des murs. Allongé tout habillé sur un vieux lit de camp mal rafistolé, son sac à dos sous la nuque, Nessim aperçut le museau d’une souris dans l’interstice des plinthes. Elle allait et venait avec une hardiesse énigmatique. Il ressentit une tendresse puérile pour la minuscule créature qui ne s’effraya qu’un instant du grincement de la porte. Les cheveux dénoués, Falastìn apparut en chemise de nuit.

— Brrr ! fit-elle. Il n’y a plus une goutte d’eau chaude.

Elle remarqua la fascination de Nessim, toujours raidi sur le lit de camp.

— Qu'observes-tu ainsi ?

— Le comportement de cette bestiole. Elle semble circuler dans une cage, et pourtant elle est libre. On la croirait porteuse de translocations chromosomiques...

Falastìn s'esclaffa, un peu interloquée. Son compagnon parut sortir d'un bref état de torpeur. C'est d'un air fort préoccupé qu'il se tourna vers elle.

— Qu'ai-je dit de si drôle ?

Aussitôt, il considéra avec un ravissement espiègle la jeune femme aux pieds nus et aux bras ballants.

— Oh ! mais quel maintien d'enfant sage...

Falastìn haussa les épaules. Une coupure d'électricité vint à point cacher son embarras. Elle se glissa dans les draps. L'ombre de la chambre s'orna peu à peu de reflets de lune. C'était la première fois depuis l'enfance qu'elle partageait sa chambre avec un homme. Elle éprouvait une torsion, presque une douleur au niveau du diaphragme. Cette promiscuité ne la rebutait ni ne l'effarouchait, mais perturbait une perception coite et presque religieuse de l'espace. La nuit derrière les murs était son refuge ordinaire. Elle y recouvrait cette liberté égale au néant, dans la pensée des disparus. La moindre présence, fût-ce celle d'un chat, accaparait vite toute sa vigilance et l'excluait bientôt d'elle-même, comme si d'autres yeux, une autre intention, s'appropriaient le vide de son âme pour des enjeux inconciliables.

— Où irons-nous demain ? chuchota l'homme immobile.

— Chez Asmahane, elle a besoin de nous. Ils veulent la déloger. Elle n'a plus d'électricité, plus d'eau, et

Saïfoudine est en prison, ce qu'ils appellent la détention administrative, sans inculpation, pour trois ou six mois renouvelables. Je dois m'occuper d'elle. Tu te cacheras dans la journée chez un berger voisin, moi je ne risque rien...

— À quoi bon fuir toujours ?

Falastìn resta muette. Les poings crispés, elle s'agitait sous le drap rêche. Une incoercible envie de pleurer montait en elle comme chaque soir, mais elle ravalait ses larmes, les ongles enfoncés au creux des paumes.

— À quoi bon ? poursuivit Nessim d'une voix blanche. Nous sommes bannis de chez nous, délogés, dépossédés, tous captifs. Partout des murs dressés, des barrages, des routes de détournement. Est-ce qu'on peut vivre comme ça, parqués dans les enclos et les cages d'une ménagerie ? Veut-on nous pousser au suicide, à la dévastation ? Je hais notre sort, je les déteste tous à en perdre l'esprit...

Falastìn avait dominé ses nerfs et souriait dans le noir. Les yeux grands ouverts, elle s'amusait amèrement des propos entendus.

— La haine est une autre chaîne, sais-tu ? Leurs rabbins ont une phrase très forte à ce sujet : "Sois plutôt le maudit que celui qui maudit."

— Personne n'a le droit de faire de nous des êtres inférieurs, des infirmes ou des coupables qu'on traque !

— Un jour, la paix viendra et nous pourrons tous nous aimer, répondit-elle sur le ton languide qui précède l'endormissement. Oui, c'est seulement par la paix que nous pourrons vaincre...

— La paix ? C'est le droit du plus fort ! Ces gens-là nous infligent leur paix d'envahisseur avec des barbelés et des tanks, en détruisant les villages et les oliveraies.

— C'est que les vieux aux commandes crèvent de peur et ne jurent que par la force. La plupart ont débarqué d'Europe ou d'ailleurs avec de méchants loups bruns à leurs trousses. Ils règlent leurs comptes à travers nous. Nous sommes un peu leur miroir…

— C'est un comble de vouloir rassurer ses persécuteurs.

— Pourquoi pas ? Ça les désarmera. Il faut rassembler les démocrates des deux pays dans un grand mouvement pacifiste et bâtir un front commun contre les discriminations, les injustices flagrantes et les préjugés. Il y a plein d'exemples positifs, dans la presse, chez les enseignants. Savais-tu que les recteurs de l'université Al-Quds et de l'université hébraïque ont signé un accord de coopération…

Des crampes dans les jambes, Nessim s'agitait sur son lit de camp. La voix de Falastìn le berçait en dépit d'une incompréhension croissante. Elle prenait ses rêves pour la réalité avec un fond de candeur insolvable. Elle relevait sans autre avantage de ces "belles âmes" raillées par les foudres de guerre. Lui ne la haïssait pas, certes. Elle était tout l'horizon de son être, son aspiration et sa mémoire. Il admit soudain son entière dépendance. Qui d'autre sur terre avait pour lui ce caractère de familiarité exclusive et de proximité ? Il ne connaissait qu'elle vraiment. Le monde lui paraissait tellement étranger. Comme s'il venait de naître dans un corps d'adulte encombré de réflexes inconnus et de cauchemars abscons.

La nuit d'Hébron dans cette chambre misérable le protégeait d'autres questions. Et l'attente du sommeil était comme une danse inquiète sur une trappe qui l'isolait mal du secret poreux et fissuré des songes. Embarrassé dans ses vêtements, Nessim les ôta avec des gestes gourds et soupira de lassitude. Mais un craquement brusque suivit l'instant de la perte de conscience. Toutes ficelles rompues, le vieux lit de camp disloqué s'étala rudement sur le sol. Falastìn éclata de rire, les paupières battantes. L'homme s'était relevé en gémissant.

— Oh, tu peux te réjouir, j'ai le dos cassé !

— Viens donc dans le lit, tu n'as plus le choix.

Dans la pénombre, un grand corps sombre s'inclina si près qu'elle ressentit une onde de chaleur animale sur sa peau. Sans manières, afin d'éviter d'autres contacts, elle prit sa main dans la sienne, l'entoura de son collier d'ambre et la serra contre son visage.

— Dors maintenant, *habibi*..., je suis là toute proche pour accompagner tes rêves.

Il respira plus fort et ferma les paupières à son tour, aussitôt traversé d'une parole ténébreuse :

— *Tes joues sont belles au milieu des colliers, ton cou est beau au milieu des rangées de perles. Nous te ferons des joyaux d'or, avec des points d'argent...*

Presque endormie, mais prise au jeu de l'incantation, Falastìn chuchota d'une voix rieuse à son oreille :

— *Mon bien-aimé est pour moi un bouquet de myrrhe, qui repose entre mes seins. Mon bien-aimé est pour moi une grappe de troène des vignes d'En-Guédi...*

9

Des brumes basses dispersaient la lumière matinale. La camionnette jaune allait sinuant dans les collines. Pour éviter les barrages depuis le dernier check-point d'Hébron, il fallait tripler ou quadrupler les distances. Calés à l'arrière du taxi, épaule contre épaule, parmi une dizaine de passagers en keffieh, hijab ou chéchia de laine peignée, Falastìn et Nessim contemplaient sans un mot le paysage, les yeux encore enfiévrés par l'influx d'un faux sommeil tout lacéré de songes. Deux femmes voilées de blanc sanglotaient dans le véhicule. Avec d'autres membres de leur famille, elles accompagnaient vers sa sépulture la dépouille d'un des leurs. Le cercueil avait été coincé tant bien que mal dans le coffre. De l'autre côté du check-point, après le contreseing d'un officier perplexe, il leur avait fallu attendre en compagnie du mort que le chauffeur eût rempli à la criée son taxi : "Direction Manoah, Haggaï, al-Fawar !" Malgré le péril d'impureté, à part un ouléma indigné parti quérir un autre transporteur, personne n'avait rechigné d'avoir à voyager avec un cadavre. Conçu aux normes de sécurité internationales et loué par un concessionnaire ingénieux, le cercueil devait être renvoyé à vide après l'inhumation.

Falastìn, sujette aux présages, se remémora d'autres funérailles, des prières d'embaumeurs remontées des rives du Nil – *pour les cheveux au seuil de l'enfer, la main droite qui tient le livre, ou pour le pied gauche raffermi sur le pont miséricordieux.* Le corps est enduit de henné, arrosé d'huile camphrée et de myrrhe, dans un linceul de coton blanc ou de lin fumé d'encens et sans couture qu'on enroule de haut en bas et de droite à gauche et qu'on maintient par quatre bandelettes nouées aux chevilles, aux genoux, la troisième au niveau des bras et de la poitrine, la dernière au-dessus de la tête. Les quatre nœuds simples seront défaits dans la tombe afin que l'âme puisse s'échapper, tandis que s'élèvera l'oraison au Maître du Jour de la rétribution...

Un bruit de caisse secouée fit sursauter les femmes en pleurs. La camionnette brinquebalait sur les nids-de-poule et les dos d'âne. Les obstacles en tous genres contraignaient le chauffeur à prendre certaines routes secondaires, mal entretenues, qui tournicotaient autour des collines aux sommets fréquemment prohibés ou investis par un poste d'observation militaire. Il avait prévenu ses clients des détours obligés et des risques de contrôle sauvage. À l'encontre des méthodes pour le moins imprévisibles de l'occupant, l'usage était de s'en remettre à la Providence, tel Ibrahim jeté au feu s'exclamant : “Le Bienveillant me suffit et quel bon défenseur !”

Le taxi ralentit aux abords d'un de ces observatoires. Sur une éminence, au-dessus d'un vignoble aux ceps brisés ou torsadés de barbelés, deux soldats les espionnaient depuis un mirador coiffé d'un drapeau bleu et blanc. L'air était lumineux. Les jumelles brandies miroitaient au soleil. Un peu plus loin, un chantier à ciel ouvert côtoyait des monceaux de gravats d'où émergeait, intact au milieu des ruines, le dôme d'un sanctuaire ombré par un bouquet de térébinthes aux frondaisons tout éclaboussées de poussière de plâtre. Des bris de pierres encombraient la voie, obligeant le chauffeur à zigzaguer pour ménager ses pneus. Il lança le nom d'un village bédouin à la cantonade. *Surhia* ou *Suchia*.

— Regardez ! lança-t-il en ricanant. Ceux-là ont tout perdu pour cause de fouilles archéologiques…

Quelques huttes en effet s'alignaient sur une pente couverte d'hysopes et de lentisques, en vis-à-vis d'une cité de béton qui se dressait à une demi-lieue. Un vieillard en djellaba, un voile noué d'une cordelette sur le crâne, observait sans un geste, les deux mains appuyées sur une canne, l'avancée du véhicule. Au-delà, du côté du Néguev, les collines se fondaient comme les dunes du désert dans le poudroiement de l'horizon. Le front contre la vitre, Nessim s'interrogeait sur le proche et le lointain. Quelle autre vie espérer que les pièges de chaque pas dans l'attente indigente ? Cette lumière sur les oliviers, la déchirure démesurée du ciel et le profil admirable de sa voisine le consolaient pourtant d'un deuil entier. Falastìn avait croisé son regard. "Si tout va bien…", disait-elle.

Descendus d'un avant-poste de Maon ou d'une autre colonie au sud de la Route 317, des blindés de reconnaissance vinrent bientôt se placer en travers de la voie caillouteuse. Le chauffeur se tourna d'un air désolé vers ses clients pour leur souhaiter bonne chance. Déjà, un soldat casqué lui faisait signe de se ranger sur le bas-côté. D'autres dressèrent leurs armes. Les passagers quittèrent le taxi sans broncher et allèrent s'aligner devant l'automitrailleuse en brandissant de vieux papiers illisibles, à l'exception d'un ancêtre barbu à keffieh et galabia résolument soudé à son siège. Un sergent au fort accent russe ordonna à ce dernier de descendre. À la fin, excédé, il le saisit par un bras et le projeta dehors.

— Arrêtez ! s'écria Nessim en hébreu.

Le sous-officier s'avança vers lui, mâchoires crispées. Il lui planta dans le ventre le canon d'un MP5 de la police des frontières. Une kippa de laine débordait de son casque rejeté en arrière.

— Tu es Juif ? grommela-t-il.

Falastìn à ses côtés avait pâli. Elle allait intervenir quand deux soldats qui fouillaient le taxi se mirent à piailler, mi-effrayés mi-goguenards :

— Chef ! On a repéré un macchabée !

Les passagères en voiles blancs voulurent s'expliquer. Elles ramenaient leur père décédé au village. Elles avaient obtenu les autorisations du Gouvernement militaire. Le cercueil était aux normes pour le transfert, tout en bois chevillé. Intransigeant, le sergent exigea qu'on sorte cet ultime passager. Les soldats réjouis firent glisser la lourde boîte sur le chemin, à proximité du vieillard qui tentait en vain de se relever. L'un des soldats passa sur le couvercle un détecteur de métaux et haussa les épaules.

— Négatif, dit-il.

— Ouvrez tout de même ! ordonna le sergent.

Quand l'un des hommes revint d'une jeep avec un pied-de-biche, les femmes protestèrent à grands cris et se jetèrent en avant. Mais les soldats s'interposèrent.

— Vous préférez peut-être qu'on le mitraille ? lâcha le sous-officier en pointant son arme.

Le bois craqua dans les malédictions et les sanglots. Rendu au jour, le cadavre au visage nu suspendit un instant les gestes et les regards. Telle une momie dans ses linges, les paupières rouvertes sur deux globes d'ivoire, il semblait contempler la nuit du crâne. L'une des femmes s'évanouit dans un grand flot de voiles. À côté, toujours affalé, les bras tendus au sol, le vieillard s'était penché sur la dépouille en marmonnant une sourate.

— C'est bon ! lança le sous-officier pris de court. On s'en va, laissez-les repartir !

À nouveau serrés dans le taxi, sur la route poussiéreuse, les passagers gardèrent longtemps le silence. L'une des femmes poussait une plainte continue, fredonnement d'agonie à peine audible. L'odeur d'onguents et d'épices émanée du cercueil descellé s'était répandue dans l'habitacle avec les senteurs du dehors, laurier, menthe, gas-oil, suint de mouton. Nessim était resté sur le coup de l'altercation avec le sergent. Parler hébreu n'était-il pas le fait de tous les autochtones d'un peu de culture et des milliers de ceux qui, depuis la

Cisjordanie ou la bande de Gaza, allaient travailler quotidiennement en Israël ? Champs d'oliviers, carrés de vignes, troupeaux de chèvres dans la rocaille : la campagne s'étendit enfin sans autres signes d'obstruction. Assis en tailleur sous un térébinthe, un tout jeune berger souleva un agneau qu'il balança des deux bras comme un drapeau trop lourd au-dessus de sa tête. Ses chiens se lancèrent dans les roues du taxi et le suivirent quelques mètres en jappant. L'horizon se dégagea peu à peu, d'un bleu violent. Nessim sentit monter en lui une joie brute, née de l'absurdité impassible des choses : jeté sans héritage dans un monde confus, au moins pouvait-il prétendre à une liberté sans commune mesure. Rien, aucune loi humaine, ne l'obligeait à subir indéfiniment les barrages et les fouilles, les confiscations et les destructions, les outrages divers, toutes les mortifications d'une soldatesque arrogante traquant le terroriste jusque dans les cercueils.

Les cahots se multiplièrent sur la route défoncée. Un vautour tournoyait au-dessus d'un massif crayeux. Les feuilles bicolores des oliviers papillonnaient dans la lumière.

— On approche, dit Falastìn sur un ton craintif. Le chauffeur a contourné la moitié du gouvernorat d'Hébron. Nous ferons à pied le chemin restant…

Elle se retint de prendre dans la sienne la main du jeune homme et releva le voile sur sa nuque pour cacher ses cheveux dénoués. Suspicieux du fond même de leur désarroi, les regards noircis de khôl autour d'elle cherchaient évidemment à statuer sur son état : était-elle fille, épouse ou sœur ? Des buissons de ronces roulaient dans les champs gris. Elle reconnut une meule brisée envahie par les chardons, un beau mélia d'Inde à l'ombre ronde, l'étroite route coupée de chemins muletiers à flanc de colline…

Le taxi à peine quitté, son bagage sur l'épaule, Falastìn pressentit le drame aux empreintes de plâtre et aux larges ornières qui déformaient les accotements. Elle se délesta aussitôt de son sac pour se précipiter. Nessim le ramassa à la volée et la talonna. Courant à perdre haleine dans le silence redoublé de midi, elle ne répondit pas à ses appels. Le feu du zénith vibrait dans la pierraille crevée de palmes et de piquants où divaguaient trois chèvres efflanquées. Le chant du muezzin parut confluer soudain des quatre points cardinaux ; il se répercuta étrangement, comme une risée de tempête ravalée en vocalises : *Achhadu an la ilaha illa Allah… Achhadu an lâ ilaha illa Allah… Achhadu anna Muhammadan rasulullah…*

Mais un cri aigu couvrit cet antique martèlement des espaces. Nessim vit la mince silhouette choir et se relever plusieurs fois au détour du chemin. Il la rejoignit en quelques enjambées derrière un tertre aride et, dans son effarement, resta sans réagir face à la maison détruite. Ce n'était plus qu'un amas de pierres et de planches d'où surgissaient, insolites, des bribes de la vie ménagère. Avertis par un berger, des habitants du village le plus proche s'étaient rassemblés et erraient parmi les gravats. L'un d'eux, les mains blanches, les yeux rougis par la poussière, se penchait sur Falastìn qui repoussait son aide. Elle finit par se rétablir, vacillante, les genoux serrés. Lui-même trébuchant, le souffle coupé, Nessim s'était jeté dans les ruines. Il retournait çà et là les pierres et les bris de carrelage.

— Où est ma mère ? gémit enfin Falastìn.

— Là-dessous, marmonna l'homme en frottant ses mains tout emplâtrées.

Elle montra du doigt l'amas informe qui fut sa maison et d'une toute petite voix répéta “là-dessous”, sans comprendre.

— Hier soir, ajouta le villageois, ils ont affiché un avis de démolition sur la porte. Elle n'a pu le voir, bien sûr. Ni personne à cette heure. Le bulldozer a débarqué juste avant l'aube avec l'armée, quand tout le monde dormait encore. Elle s'est laissée enterrer vivante...

Un miaulement lugubre jaillit des décombres. Délivré, le chat d'Asmahane bondit entre les villageois penchés et s'échappa vers les oliveraies. Avec dix autres, Nessim explorait sans broncher les vestiges, se glissant dans les anfractuosités, soulevant des faîtières et des moellons, fasciné par chaque fragment du décor quotidien d'un coup bousculé comme un grand puzzle, papier peint, chaussures, marmite, oreiller, battant d'armoire, assiettes brisées, napperons, pommeau de douche, poignée de porte...

Pétrifiée, Falastìn contemplait cette agitation insolite sur le toit et les murs. Tous ces gens désolés qui semblaient vouloir remettre debout la maison. Ils appelaient Asmahane comme au bord d'un abîme. Deux tourterelles picoraient on ne sait quoi à travers l'armature éclatée d'une fenêtre. Nessim s'était introduit sous un enchevêtrement de solives. Il avait aperçu un bout de tunique coincée à un mètre, entre un panneau d'aggloméré et le plateau d'une table. Lentement, il parvint à dégager un espace et se faufila plus avant, la gorge nouée. Quelqu'un respirait là-dessous. Il appela longtemps, il supplia qu'on lui réponde. "Laisse-moi, laisse, mon fils, bredouilla finalement une voix sans timbre. Je veux mourir dans ma maison." Il se souvint du cercueil dans le taxi, des pauvres gens devant la boîte défoncée. "Et ton chat ! lui lança-t-il sans réfléchir. Qui va s'occuper de Massala ?"

Avertis depuis le village, les secours arrivèrent deux heures plus tard. Une ambulance du Croissant-Rouge prit en charge la femme aveugle enfin dégagée des décombres. Les villageois regroupés mirent de menus objets, peigne d'écaille ou fibule d'argent, dans les mains tremblantes de Falastìn qui s'apprêtait à monter près de la civière. En quelques mots rapides, elle convainquit Nessim d'aller se réfugier comme prévu dans une bergerie, à proximité du pressoir.

Coupant la route à l'ambulance, juste avant qu'elle ne démarre, deux half-tracks à tourelles sans doute alertés depuis quelque mirador approchèrent du groupe silencieux. À couvert des mitrailleuses, un lieutenant vint s'informer d'un pas nonchalant.

— Une femme et un chat à l'intérieur ? répéta-t-il

d'un air stupéfié. Nos services ont pourtant placardé dès hier l'ordre d'expropriation pour cause d'infraction criminelle aux lois de sécurité et je peux vous assurer que nous avons scrupuleusement fouillé le bâtiment avant destruction.

Après un instant d'entretien avec un jeune sous-officier, il s'avança de quelques pas.

— Écoutez, nous sommes très chagrinés de cette méprise. C'est un malheureux accident ! Acceptez nos excuses et rentrez tous chez vous. Allez, oust ! *barrah, barrah !*

Des cris de haine fusèrent parmi les villageois. Falastìn embrassa d'un coup d'œil le visage tuméfié de sa mère et les épaules lasses de Nessim. Celui-ci regardait les tourelles d'acier et les armes tournées vers lui. Elle avait redouté un instant une réaction, surprise par son attitude de franche indifférence, presque de désinvolture. Face aux armes, une lueur de froide ironie dans les yeux, il était devenu corps et âme le fier Nessim, son grand frère tant aimé. Encore sous le choc, serrant entre ses paumes la main brûlante d'Asmahane, elle admit avec une crânerie désespérée qu'elle chérissait un inconnu, dans l'impavidité même du malheur, qu'elle l'aimerait follement et à jamais au secret de l'inexpiable.

Pour rompre ce vis-à-vis qui prenait un tour alarmant avec la venue d'habitants d'autres villages, le lieutenant ordonna aux ambulanciers de suivre l'un des half-tracks afin de leur permettre d'atteindre sans encombre les portes d'Hébron. Le convoi partit en trombe sur la route crayeuse. Les paysans observèrent quelques instants la poussière soulevée puis se dispersèrent par les champs et les chemins.

Resté seul, Nessim s'assit au milieu des plâtras. Un ténébrion dérangé dans son ingénierie d'insecte traversait ces reliefs, posément, avec des embardées de char en campagne. Il s'agrippait, opiniâtre, chutait et se rétablissait sans faillir. Tombée en flèche, une corneille acheva d'un coup de bec cette laborieuse déambulation.

Secoué par le battement d'aile, Nessim parut reprendre ses esprits. Il vit venir à lui une silhouette aussi noiraude que l'oiseau ou le scarabée, en long manteau de corde et bottes flasques, un turban en forme de jarre sur le crâne, et qui avançait au milieu du chemin d'un pas économe de pèlerin. Moustaches et sourcils charbonneux se rejoignaient comme un loup de comédie sur sa face maigre. Le Druze s'arrêta devant l'amas de pierres.

— C'est chez toi, hein ! dit-il sans chercher de réponse. Ma maison à moi, on me l'a confisquée, il y a longtemps. Savoir sa maison et ses terres occupées par d'autres sous prétexte d'être parti en exode, c'est pire que la démolition. On appelle ça la loi sur les absents...

Il fit quelques pas à l'intérieur bouleversé de l'enclos où Asmahane avait projeté de cultiver des roses de Damas, des chèvrefeuilles et des bougainvilliers quand les colons seraient partis. Nessim crut entendre son rire d'aveugle : "Tu te demandes à quoi ma plantation pourrait bien ressembler ?" La réponse lui vint subitement en observant les bottes informes du visiteur : elle serait pareille au plus vaste jardin grâce à tous ses parfums.

Le Druze venait de s'asseoir sur un évier de granit renversé. Il extirpa de son sac de toile un oud crasseux, en accorda les onze cordes sur ses genoux et se mit à plaquer quelques notes.

— Aujourd'hui, je chante et raconte des histoires aux check-points pour gagner ma vie. On ne manque jamais d'y trouver un public abondant et disponible. Tout le monde rit bien. Mêmes les soldats de Tsahal m'applaudissent…

L'homme se mit à jouer en sourdine un vieil air. Une complainte s'éleva hors des décombres et s'étendit par cercles au-delà des collines. Dans l'effondrement du désespoir, déconcerté, Nessim l'écoutait sans résistance. Il était à peine surpris de comprendre ses paroles.

Plus ravissante que toutes les houris du paradis et au surplus aveugle, sourde et muette, une jeune fille de Nasra dont la seule ambition était de vivre en paix se voit un beau jour convoitée par trois émirs en pèlerinage dans la région. Plutôt que d'en faire l'enjeu d'un duel meurtrier, chacun des prétendants accepte de laisser la jeune fille choisir. Le premier, venu du royaume de la myrrhe et de l'encens, lui promet tout net de l'enfermer dans un magnifique harem d'or massif et de diamants. Le deuxième, venu de l'Arabie heureuse lui offre en prime de son petit palais, un amour exclusif bercé de confidences au goût de miel. Quant au troisième, descendu sans autre frais de son chameau, il lui accorde pour seul viatique d'écouter tous les soirs de sa vie le chant de l'oiseau magique de Salomon. Les deux autres s'esclaffent abondamment. Qu'est-ce qu'un chant d'oiseau pour une sourde ! L'émir au chameau n'a pas de peine à trouver plus inutile encore les harems de diamants et les confidences de miel. "Et ton oiseau magique, alors ?" ricanent ses rivaux. "C'est pour l'oreille du cœur ! réplique le troisième émir. Qui veut la paix peut bien rester sourd, aveugle et muet..." L'histoire raconte aussi que la jeune fille ne put choisir l'un ou l'autre, ni d'un mot, ni d'un regard, et qu'elle n'avait d'ailleurs même pas entendu venir à elle les émirs pèlerins...

Nessim rouvrit les yeux à la tombée du jour. Une piquante fraîcheur s'était abattue sur les collines. Il vit des étoiles étirées au-dessus des décombres. Un chat sorcier miaulait encore dans son rêve. Le vent dans les graminées imitait la musique du Druze. Sans repères dans la solitude du soir, il s'interrogea. Comment habiter toute une nuit la maison démolie ? Un glapissement de chien sauvage ou de chacal rapprocha les distances. Il se souvint de la bergerie près du pressoir.

Après le soleil couchant, la pleine lune guida ses pas dans l'ombre penchée des oliviers.

10

Asmahane avait été conduite à l'hôpital Almohtaseb, dans la vieille ville. Sa mort la nuit même fut imputée au sang perdu lors du transport plutôt qu'à l'absence de personnel qualifié ce soir-là, après un blocus et des arrestations en série provoqués par la lapidation d'un jeune colon de Kharsina égaré dans les souks. Le lendemain après-midi, débarqué sans encombre dans le secteur H1 grâce au camion d'un boucher venu acheter de vieilles brebis abattues et dépouillées sur place devant la bergerie, Nessim avait pu joindre la tante de Falastìn par téléphone. Layla lui annonça le décès sans préalable. Elle lui parla de veillée, de chambre mortuaire. Falastìn était restée seule auprès du corps.

Refoulé au check-point nord menant à la vieille ville, butant ailleurs sur la police des frontières et l'armée, Nessim longea tous les blocs de béton placés entre les deux zones, tous les murs et les chevaux de frise. On le contrôla par deux fois à grands cris, mitraillettes pointées, en lui ordonnant de vider le contenu de son sac sur le trottoir. Les patrouilles incessantes ponctuées de rafles le contraignirent finalement à rebrousser chemin. Barbu et sale, de la paille dans les cheveux, il traîna son maigre bagage dans la foule des bazars. Le chagrin et l'épuisement se mêlaient en un sentiment d'extrême vacuité, comme s'il n'était plus qu'une charge superflue, un poids d'aucune réalité dans l'opacité des jours. Layla lui avait annoncé froidement la mort d'Asmahane, sans un mot de consolation, et les sirènes avaient hurlé, et des murs s'étaient partout interposés. Malgré sa peine, il n'avait que Falastìn en tête ; elle seule pouvait faire tressaillir en lui un reliquat d'illusion vitale. Mais comment l'atteindre dans cette cité claquemurée ? Il marcha au hasard des rues, se perdit dans les souks, courut de la Grande Place au retranchement d'Hadassah. Sur un versant de la montagne, à l'est de la ville, il longea un mur de pierres sèches et entrevit des tombeaux et des inscriptions parmi les flammes noires des ifs. Soudain détaché d'une porte de fer, un vieillard couvert de hardes, les lèvres et les orbites enfoncées, l'interpella vivement, tendant vers lui une main d'os amputée du pouce. Nessim trouva une pièce d'un dinar dans sa poche. Le mendiant la reçut comme un don du ciel. Il parlait un arabe cassé d'hébreu et de grec. Toujours coi, Nessim avait mis un pied sur le seuil.

— C'est la demeure séculaire des Tsadikim, dit le vieil homme. Ici repose le Rechit Hokhama, là le Malakhat Shlomo, et là-bas le Hessed le-Avraham et bien d'autres rabbanim. Plus loin, derrière les arbres, on trouve les martyrs de 1929, toutes les familles assassinées.

Le mendiant saisit le bras droit du jeune homme. Sans le lâcher, il partit à chevroter d'une voix rauque :

— Où est-il le temps béni où abî Abraham sortait tout droit de son tombeau et venait compléter le mynian en personne, quand un dixième homme manquait pour le kaddish ?

Un frisson de fièvre glaça Nessim. Il s'était arraché à cette main de squelette et marchait en somnambule vers le centre-ville. Il y avait bien un endroit où on l'attendait, où il pourrait se débarrasser de sa tunique poisseuse et dormir, dormir avant tout, oublier son errance et la brutalité du jour. Les rues boutiquières encombrées d'autos poussiéreuses, de sombres voitures à bras et de brochettes tintinnabulantes de cyclistes le menèrent devant le magasin cadenassé de Manastir. Il fit le tour par la ruelle montante et trouva pareillement porte close. Plus haut dans la ville, il contempla tristement les petites rues tortueuses avec leurs constructions inachevées de briques et de ciment, la lumière des terrasses et l'ombre fauve des porches, les minarets et les dômes, au-delà, noyés de brumes opalines. Il lui restait une adresse où aller, avant le soir.

Revenu au cœur des souks, près de Bab al-Zawiya, Nessim n'eut aucun mal à trouver l'atelier de Mossa Abu Khiran, derrière la petite mosquée. L'homme en question profilait à grands coups de masse un énorme crochet en forme d'amarre. Un apprenti fluet, la face empourprée, actionnait le soufflet de forge en remuant de longues pinces à l'intérieur du foyer. Cette gueule d'or entre deux entassements de pains de Damas accapara toute l'attention de Nessim. Le flamboiement déroulait des successions fugaces d'effigies qui s'engendraient l'une l'autre dans la pénombre.

— Est-ce bien Omar que tu cherches ? demanda le forgeron à demi sourd qui venait de poser son outil.

Nessim acquiesça d'un mouvement de menton, surpris par le regard hostile du colosse campé dans son tablier de cuir.

— C'est une fréquentation de mon fils, ajouta ce dernier avec une inflexion lasse. Tu peux le trouver dans le fond de la cour, il cantonne là.

Une vigne vierge tordait ses nœuds sur les crevasses d'un mur en vis-à-vis d'entrepôts de bois noircis et branlants. Au bout de la cour, se dressait la façade d'un garage désaffecté aux verrières tout étoilées d'impacts que d'anciens panneaux publicitaires obturaient de l'intérieur. Son sac sur l'épaule, Nessim poussa une porte étroite découpée dans un portail de fer assez large pour le passage d'un camion et attendit. Un chat blanc fila en trombe entre ses jambes.

— Ton nom ! hurla une ombre tombée d'une balustrade de béton à laquelle était reliée sur la gauche une rampe d'accès automobile.

— Laisse entrer ! dit quelqu'un depuis cet entresol massif.

Nessim avança dans l'obscurité, saisi par une forte odeur de naphte et de rouille. En butte à une fatigue extrême, il grimpa la rampe devant un homme armé. Une lampe à pétrole jetait là-haut un rond de lumière sur le sol de ciment imprégné de taches d'huile. Des tentures grisâtres s'alignaient dans le fond du parking. Une porte couchée sur des tréteaux en guise de table et quelques chaises dépareillées meublaient l'endroit.

Omar se lança vers lui pour une joyeuse accolade.

— *Mektoub !* J'étais sûr que tu viendrais, dit-il. Voilà, je te présente Abdel Abu Khiran, le chef de notre section.

Nessim accepta le thé et mangea goulûment une pita aux olives. Il voulut s'expliquer, dire son désarroi. Omar lui prit la main avec chaleur et lui fit comprendre que c'était superflu. Il était déjà informé de la mort d'Asmahane, tout Hébron connaissait l'histoire de la veuve aveugle enfouie sous sa maison et de sa fille inconsolable.

— J'ai un message d'Allah pour toi, dit-il.

Sous la flamme dansante de la lampe à pétrole suspendue par un fil électrique au support d'un plafonnier, les faces des deux hommes exprimaient les plus fluctuantes émotions comme des voiles qu'anime le vent. Troublé, Nessim mobilisa son attention sur la mitraillette posée en travers de la table. Le coup d'œil aigu d'Abdel, gaillard au nez cassé, le fit presque sursauter. Pour prendre une contenance, il déclara négligemment :

— C'est une mini-Uzi standard chambrée en 9 mm parabellum...

— Exact ! Matériel de contrebande pas très frais, fourni par un maffieux israélien. Tu sembles t'y connaître en armes...

Nessim soupira. Non, il n'y connaissait rien, mais cet objet lui était familier comme la pipe de terre bourrée de kif que fumait Omar ou la légère oscillation du rond de lumière. Les deux hommes riaient maintenant ; brisant le pain, ils s'échangeaient insultes et compliments d'une même voix narquoise.

— Bien sûr que j'irai, s'il le faut ! jurait Abdel.

— Je n'ai plus rien au monde que ma rage, dit Omar. Mais toi, tu n'as pas peur qu'ils dynamitent ta maison, celle de ton père ?

Envahi d'une insondable nostalgie, Nessim n'écoutait plus. Le beau visage de Falastìn flottait dans les irisations de la fumée. Il voulut téléphoner.

— Impossible ! assura Abdel avec bienveillance. Et j'ai même pas mon cellulaire. À partir de ce soir, tu dois te couper du monde, devenir une ombre, oublier toute relation. J'ai des médicaments pour dormir…

— Fume plutôt un peu de cet excellent tabac ! s'esclaffa Omar en lui rallumant sa pipe à l'aide d'une mèche d'amadou.

Nessim tira d'âcres bouffées et sentit après chacune sa tristesse s'approfondir. La tête entre ses poings, il résistait tant bien que mal au sommeil, assailli par d'étranges élongations du temps. Pour changer un goût amer, il but le thé à petites gorgées en ressassant les exhortations d'Omar. N'était-il pas déjà une ombre ? Et quelles étaient ses relations à ce jour ?

Les jeunes factieux évoquèrent le cloisonnement des sections de la colonne Beit Hanoun.

— Combien notre organisation compte-t-elle de

combattants, à ton avis ? demanda Abdel à son comparse, une main sur le chargeur de sa mitraillette.

— Ça m'est égal ! dit Omar. Trois ou mille, c'est pareil pour moi. J'ai rien à perdre…

— On doit être opérants, répliqua Abdel en serrant les poings.

— La seule chose qui compte, c'est qu'Allah me cueille du carnage sans laisser perdre un seul de mes cheveux. J'attaquerai et je tuerai ! J'attaquerai et je tuerai ! J'attaquerai et je tuerai !

Abdel prit le nouveau venu à partie. Il montrait du doigt Omar, mi-outré mi-hilare.

— Qu'est-ce qu'il s'imagine, ce dévot ? Qu'il va faire la révolution à lui tout seul ? Les stratèges de la guérilla, les meilleurs artificiers, les leaders croupissent presque tous dans les prisons de Tsahal. La résistance armée est massivement sous les verrous. Pendant ce temps, le Fatah s'arrange avec l'ennemi pour sauver son vieux système de corruption, tandis que le Hamas au pouvoir nous impose la trêve des lâches. Ses chefs ont trop peur des représailles maintenant qu'ils ont leurs fauteuils bien en ligne de mire au Parlement ou dans les ministères. Les deux ou trois quassam fabriqués maison qui foirent dans le désert ne changeront pas la mise.

— On s'en contrefout de leurs plans ! trancha sans rire Omar. Moi, je travaille pour mon propre salut. La colonne Beit Hanoun n'y changera rien, même si elle existe ailleurs que dans ta tête…

— Crois-moi, nous allons bientôt relancer la guerre totale contre l'impérialisme sioniste et ses foutus alliés !

— Avec ta petite Uzi *made-in-Israël ?*

Des hurlements de sirènes firent taire les deux hommes aux aguets, l'œil accaparé par les lueurs toupillant sur les parties encore vitrées de la baie. Le silence qui suivit s'emplit de craquements de tôles.

La tête bruissante, Nessim suivit l'évolution d'un surmulot au pied d'un mur. Ses paupières battirent. Avant que sa conscience ne s'éteigne, un livre de chair s'entrouvrit en lui comme la plaie sous la lame. Lue d'un trait, une écriture de sang perlé monta à ses lèvres : *Tais les mots et scelle le Verbe jusqu'à la fin des temps*. Abdel, toujours sur ses gardes, se tourna vers Omar.

— Que déblatère encore ta nouvelle recrue ?

— Laisse ! C'est sûrement une sourate. Le pauvre vient de perdre sa mère.

Conduit au fond de la plate-forme, derrière l'une des bâches campées à la bédouine, Nessim se laissa tomber sur des couvertures. Il aurait aimé se décrasser enfin, s'immerger dans une source claire. Le sommeil était un mur de ténèbres face à lui. Il s'y enfonça d'un coup, traversé d'un feu d'images…

Tout prit un caractère prodigieusement intense, comme au sortir d'un long coma. Grâce à l'entremise de l'imprécateur loqueteux du vieux cimetière juif, il put enfin gagner l'hôpital Almohtaseb, dans la vieille ville. "Suis-moi sans peur, disait-il, je connais la caverne de Macpéla." Était-ce Élia ou Élias, le prophète nourri par les corbeaux ? À sa suite, il se glissa entre les blocs de béton d'un barrage. Un tourbillon de poussière l'aveugla de l'autre côté. Un instant plus tard, le vieillard parut s'être volatilisé dans les cieux clarifiés. Sans transition aucune, lui-même se tenait maintenant en face de Falastìn, dans la salle de méditation d'une morgue. Entre elle et lui, un catafalque était dressé. La fraîche momie d'Asmahane ressemblait à une chrysalide. Son visage était comme ces masques du Fayoum aux grands yeux vivants sur la cendre des siècles. Une phosphorescence émanait d'elle, une douce irradiation qui rendait l'instant presque heureux. Falastìn était là, silencieuse à proximité, mais il ne pouvait en aucun cas se pencher par-dessus le catafalque. Elle était entièrement nue, les cheveux en pluie, sans qu'il s'en étonne. Sa maigreur avait une somptuosité d'icône. Si délicate, elle resplendissait sous l'éclat ambré du cadavre.

— Tu es venu enfin…, murmurait-elle. Nessim est venu voir accoucher sa mère morte.

Il ne comprenait rien à ses paroles. Les belles lèvres rouges souriaient à travers des épaisseurs de vernis. Incapable d'articuler une réponse cohérente, il lui dit avec précipitation qu'il la chérissait, qu'il l'adorait depuis le premier jour, qu'elle lui était plus précieuse que le souffle.

— Je t'aime aussi, bredouilla la jeune femme. Tu es toute ma vie, mais…

Ombre un instant, elle s'éteignit sur ce mot comme la flamme privée d'air. Pourquoi cette réserve ? Une vive douleur au front acheva de dissiper sa mystérieuse nudité. Un sentiment de dépossession le submergea alors. La voix de Falastìn s'élevait cependant de nouveau, chantante sous des voûtes glaciales.

— Tu te rappelles, lorsque Asmahane avait ses yeux, avant qu'elle soit veuve, avant les murs et les barrages, quand nous étions enfants. Non, tu ne peux pas te souvenir, ils t'ont tué toi aussi, ils t'ont mis dans une morgue où je ne t'ai pas reconnu, où je n'ai pas voulu te reconnaître, pour que tu restes vivant, pour qu'Asmahane garde l'espoir. Mais aujourd'hui, elle est couchée, elle sait bien la vérité. Oh, Nessim, Nessim ! Souviens-toi des jours de notre enfance…

La voix se perdit en réverbérations. Un vent noir grondait dans le box. Il vit la baie vitrée luire entre les toiles mouvantes. Le nom de Falastìn retentissait douloureusement en lui. Son rêve l'avait quitté sans laisser d'autre empreinte. Il se jura de l'appeler, de franchir tous les obstacles, mais ses yeux se refermèrent et la nuit s'appesantit, secrète, absolue comme la mort.

II

Plus pâli que la lune au matin, un soleil de craie s'estompe et se ravive derrière des voiles de brumes épars. Entre deux basculements d'horizon, les champs d'oliviers ont des ondoiements de mirage sur les collines. Effrayé par la pétarade, un troupeau de chèvres s'écarte d'un seul bond du talus routier. Les sabots heurtent quantité de petits cailloux exfoliés qui roulent comme des amulettes. Des villages surgissent à distance, parmi les amas rocailleux. Sur les tertres et les bosses fondus dans la buée de l'air, à peine distincts des cortèges de mules et des troupeaux d'ovins, surviennent et s'effacent des vestiges d'église ou de forteresse, des tombeaux de saints sous la garde d'un vieux chêne ou d'un eucalyptus, des murets de pierres en espaliers, des villages encore, concrétions argileuses en prolongement d'antiques décombres ; et soudain, tranchés dans l'azur, les blocs massifs d'une cité coloniale en expansion au-dessus des étagements coudés d'anciens potagers et de jachères, que limitent, plus loin, des terrassements d'asphalte et des barrières de grillage. L'autoroute s'élargit bientôt entre deux haies de barbelés.

— C'est Gush Etzion ! annonce un voisin de banquette qui somnolait, la barbe sous ses bras croisés, depuis le départ d'Hébron.

Le peu de réaction de son entourage immédiat achève de réveiller l'excursionniste. Une kippa sur le crâne, les franges du drap de prière dépassant d'un blazer informe, il branle du chef, hors de lui.

— Gush Etzion, ça ne vous dit rien ? La Légion arabe y massacra tous les mâles adultes un triste jour de mai 1948, après des mois de résistance héroïque, plus de deux cents Juifs assassinés ! Mais les fils des martyrs ont reconstruit. S'implanter en Judée-Samarie est une prescription divine. L'Éternel a dit par la voix du prophète : "Je ramènerai les captifs de mon peuple ; ils rebâtiront les villes dévastées et les habiteront..."

Satisfait de sa mémoire, l'homme à la kippa considère son jeune voisin d'un œil inamical, persuadé que son apparente indifférence dissimule une bravade.

— Je sais à quoi vous pensez, grommelle-t-il. La Haganah et le *Stern gang*, hein ? Les bombes de l'Irgoun dans les marchés arabes ? Le massacre de Deir Yassin un mois avant celui de Kfar Etzion, comme si l'un acquittait l'autre ? Nous avons subi les pires carnages depuis des millénaires, et les fils et petits-fils de nos exterminateurs nous font maintenant la leçon ! Il n'empêche que le moindre arpent de cette terre est un don de nos ancêtres. À l'échelle d'un peuple, qu'est-ce que deux mille ans ? Rien du tout ! À peine un bâillement du prophète Élie !

L'autocar ralentit derrière les blindés d'un convoi militaire. Au milieu des déblayages d'un chantier, sur un chemin barré de pierres, deux dromadaires accroupis contemplent d'un air confiant la route de Bethléem. Le voisin se met à rire tout seul, le nez contre la vitre.

— Ils sont incrustés comme ces chameaux, mais on n'y peut rien, ils partiront. Vous voyez ces collines avec les drapeaux, c'est la Ligne verte. La mer est à cinquante kilomètres. Plus au nord, du côté de Nazareth, Tel-Aviv est à portée de canon de l'ancienne frontière : dix-huit kilomètres à peine. Sans les implantations, la guerre serait en permanence à nos portes, une coalition arabe atteindrait nos centres vitaux en moins d'une heure ! Un officier de réserve, comme moi, connaît le prix d'une vie, et je n'ai rien contre ces gens-là, je suis presque comme eux, à part la religion. Ma famille vient de Bagdad. Tous les Juifs ont dû fuir les persécutions après le pogrom de 1941, après la guerre de 1947. À Bagdad, comme à Damas ou à Amman. Ils étaient bien huit cent mille, à peine moins que les Palestiniens de l'exode. Ceux-là ont fui leurs villages sous l'injonction des chefs de guerre musulmans. Réfugiés pour réfugiés, le minuscule Israël a su intégrer les siens, en faire des citoyens. Les Palestiniens rejetés de tous, et d'abord des pays arabes, ont été parqués par milliers sur nos frontières pour nous rendre la vie impossible…

Écœuré par l'absence de repartie, le vieil homme hausse les sourcils de dédain. Il se tasse sur lui-même et bâille ostensiblement. Le passager à ses côtés s'est retenu de tout commentaire. Un vague sourire aux lèvres, il s'efforce de conserver sa placidité, malgré son envie de hurler. Il s'agit pour l'heure d'obéir aux ordres, dans le silence rentré du désespoir. Des jours et des nuits solitaires ont passé dans un consentement farouche au pire. Aux fenêtres, les faubourgs longtemps effilochés parmi les cultures et les terrains vagues se concentrent peu à peu. Le tombeau de Rachel est annoncé au micro par un chauffeur goguenard. Mal consolé, le voisin de banquette hausse cette fois les épaules, un doigt levé :

— Mais les pacifistes, les refuzniks, les belles âmes, tous nos soi-disant humanistes sont des traîtres, pire que les terroristes ! Souvenez-vous d'Ézéchiel, livre quatorze, huitième verset : "Je tournerai ma face contre cet homme, je ferai de lui un signe et un sujet de sarcasme, et je l'exterminerai du milieu de mon peuple."

Après les contrôles du terminal fortifié de Bethléem, côté israélien, l'autocar traverse d'autres banlieues protégées. Entre l'autoroute et les terrains vagues, s'emboîtent les hautes barres de béton du mur de sécurité, telle une juxtaposition illimitée de silos ou de châteaux d'eau. Autour de lui, les passagers parlent plus fort ou chantonnent après la somnolence d'un parcours uniforme. Les premiers à descendre aux portes de Jérusalem-Est, une famille de colons de Ma'aleh Adumim avec babouchka et joyeux enfants, lancent mille *shalom* à la compagnie.

Ces gens-là, et tous les autres encore dans leur siège, il les observe sans passion, comme des phénomènes d'un autre monde, étonné d'être lui-même salué ou pris en confidence. Sa propre étrangeté lui semble si totale qu'il évite d'écarter les mains de son visage. Entre ses doigts, les yeux mi-clos, une précipitation d'épisodes sans suite remonte en lui du fond d'un gouffre. L'attente effarée dans la pensée exclusive de Falastìn s'était transformée à son insu en ordre de mission. La succession des nuits et des jours au secret du garage, ponctuée par les exercices d'entraînement et les appels du muezzin, aurait pu durer une vie, certes, dans un demi-sommeil un peu glauque, entre les baies vitrées aux ombres menaçantes et les tentes bédouines des box. En digne fils de forgeron, Abdel avait affirmé peu à peu un tempérament d'enclume, inapte à la moindre variation d'opinion, vraie masse de fonte qu'emporte une sorte d'attraction sidérale. Plus nuancé, complexe même, entortillé dans ses pensées, Omar ne manquait pourtant pas de frénésie. Sous la commune dévotion qui le jetait quatre ou cinq fois par jour à genoux face à La Mecque, il n'avait aucune rancœur cachée pour ses pères et maîtres, tous morts ou disparus avant que ne se rouvre la blessure rituelle, celle qui aliène l'enfant à jamais dans son corps amoureux.

Avec Omar, par exception, il avait pu s'échapper du garage et de la menace d'une grenade qu'Abdel jurait de dégoupiller en cas de perquisition. La première fois qu'il parvint à joindre Layla, dans une cabine téléphonique, elle ne lui dit rien de sa nièce. Sa sœur Asmahane reposait désormais auprès de son mari, dans un cimetière de Ramallah. Grâce à une dérogation spéciale agréant son transfert et au terme d'une campagne de dénonciation des internationaux soldée par les excuses officielles du Gouvernement militaire. La seconde fois qu'il appela Layla fut la dernière : sa jeune nièce n'était pas réapparue depuis ce convoyage mortuaire dans une ville où le chaos pathétique des rues, les arrestations et la répression sauvage n'avaient jamais cessé. Falastìn s'était esquivée après l'inhumation. Elle n'avait pas voulu rentrer à Hébron. Des chars cernaient les abords de Ramallah. Sortie des mosquées, une foule s'était massée autour de la Mouqata'a. Des rafales d'armes légères avaient été tirées en l'air. "Elle m'a dit adieu et je ne sais rien d'autre, répéta la sœur d'Asmahane d'une voix rauque, avec un entêtement bizarre. Adieu à tous, adieu à toi aussi, à toi surtout. C'est tout ce que je sais..." Les jours avaient passé sans plus de nouvelles, Layla ne répondait plus et ses compagnons de retraite étaient devenus de plus en plus taciturnes. Ils redoutaient les espions, les délateurs omniprésents, l'imminence d'une rafle. Lui, s'était muré dans une sorte de deuil circonspect. Car il ne doutait pas, sachant la hardiesse extrême de Falastìn, qu'un nouveau drame fût arrivé, que Layla lui dissimulât le pire d'une feinte ignorance. Et sa douleur en était devenue telle qu'il avait interdit autour de lui toute possibilité d'allégation, comme un condamné qui se bouche les oreilles pour éloigner le pas du bourreau. Plutôt satisfaits de cette forme d'autisme volontaire, Omar et Abdel s'étaient mis à le considérer avec une certaine compassion. Ils le préparèrent un beau jour au départ. Des vêtements civils à peu près neufs et un passeport israélien subtilisé quelques semaines plus tôt au cœur d'Hébron par une équipe d'enfants chahuteurs devaient lui permettre d'emprunter le parcours direct, dans un car bleu et blanc réservé aux touristes et aux colons.

Les yeux sur le lent déploiement des faubourgs de Jérusalem, il se souvient de la surprise d'Omar après sa métamorphose. "Regarde-toi dans la glace, avait-il dit. Même pas besoin de changer la photo, c'est deux gouttes d'eau avec dix ans de différence !" Quand il objecta sa crainte d'être repéré au premier contrôle, Omar lui jura qu'il n'y avait toujours pas de déclaration de perte ou de vol sur ce numéro pour avoir lui-même testé le passeport au bluff dans un bureau de poste isolé. "Nessim n'existe plus, avait-il ajouté. Désormais tu es Cham, citoyen israélien. Tu dois te répéter un million de fois tout ce qui est marqué, le nom, le prénom, l'adresse..." Inscrite à la mine de plomb sur un bout de papier, celle du contact à Jérusalem-Est n'aura cessé d'échapper à sa mémoire : quelque part du côté du quartier musulman de Ras el Amud.

La veille du départ, Hébron avait été bouclée par deux compagnies de chars à la suite du meurtre d'un colon, poignardé aux portes d'une yeshiva. Les opérations de commando et les descentes de police s'étaient poursuivies toute la nuit. Déjà quadrillée par les barrages, la région allait connaître une recrudescence de contrôles. Plus question pour Omar de quitter sa planque avant longtemps. Mais Cham, citoyen israélien, avait la voie libre.

Le mur de béton longe Beit Sahour et Beit Jala puis, comme une voile géante sur une mer d'argile, s'éloigne de la route protégée. Le chauffeur ralentit et range son véhicule devant un hangar militaire flanqué d'automitrailleuses. Trois soldates grimpent aussitôt dans l'autobus pour contrôler les identités et inspecter, souriantes, les bagages à main. Après l'avoir un instant dévisagé en regard de son passeport, l'une d'elles, brune, aux yeux couleur de violette, s'étonne du keffieh roulé en boule mais bien visible au fond d'une poche de son blouson. Il sourit, l'air infiniment calme.

— C'est un souvenir, dit-il.

— Une femme, alors ! suggère la soldate amusée qui, un soupçon de gêne dans la voix, replace elle-même la pointe extirpée du foulard et se retourne, les hanches dansantes.

Dans cette volte-face, un poignet très fin effleure assez brutalement son épaule.

— *Slikhà !* dit la soldate, comme pour épier sa réaction.

— *Lo, lo, b'vakachà !* répond-il de bonne grâce, sans se priver d'un clin d'œil flatteur sur sa silhouette.

Le passeport toujours en main, il le feuillette d'un doigt tandis que le car redémarre. Le portrait l'interroge, anonyme et lisse comme tous ceux qui vécurent, et le nom plus encore, et l'adresse aux allures de rébus. Signes particuliers : *néant*. Ses yeux se plissent alors sur l'éblouissement des terrasses et des dômes, en contrebas d'une haie de cyprès.

Les premiers pas sur l'asphalte de Jérusalem dessinent une ellipse qui s'ouvre bientôt en spirale. Où se diriger dans la lumière inexplorée ? La foule de la gare routière se répand sur une esplanade plantée de palmiers entre deux alignements de façades miroitantes. Abdel lui avait recommandé de descendre une station avant le terminus. Il s'aperçoit vite de son erreur et décide de rebrousser chemin. La ville nouvelle s'étend sur les collines avec ses trouées végétales autour des remparts crénelés couleur d'ossuaire. "Nessim n'est plus, il n'existe plus", ne cesse-t-il de ressasser en considérant la mouvante multitude, la richesse apparente, l'arrogance détachée des regards ou l'alerte bienveillance au contraire. Le contraste avec le peuple indigent d'Hébron, fiévreux dans ses défroques, sous les façades fanées aux relents de vieilleries, l'impressionne moins que le travail mystérieux du souvenir, comme s'il venait de remonter les années en une ou deux heures de voyage. Le ciel aux nuances variées d'ocre et de beige lui paraît refléter un désert. Une sensation d'absence, comme du sable sous la peau, s'est répandue en lui. Il marche vite et halète un peu, effrayé par le vacarme de ses artères. Le cœur frappe de tous côtés, sonore battant de bronze. Tout grince et crisse alentour. La falaise du réel s'effrite au seuil de la vieille ville.

Les deux tours carrées de la citadelle se dressent à l'angle des remparts, saturées d'une clarté ancienne, à quelques mètres de la porte de Jaffa. Il marche maintenant dans les pas des touristes. “Je suis Cham, Cham est mon nom” répète-t-il en manière d’exorcisme, pour chasser les pensées, pour écarter une mémoire trop crue et ne plus entendre la voix chérie lui redire “Adieu, adieu, nous nous reverrons !” Le dédale des ruelles l’emporte dans un rêve minéral que voile à peine le reflet d’un visage. Les grilles noires d’un souterrain, un flanc de muraille, l’ombre d’un monastère, les portes faussées d’un temple ou d’une nécropole, les ruines dédaliques arrangées parmi les chapelles d’où s’élèvent des psalmodies, les socles cyclopéens et les statues tronquées au pied des colonnades : il connaît chaque obstacle et à la fois l’ignore. Entre la grotte de l’Agonie et la Tour des cigognes, sept pas comptés le perdent. Dans le jardin du Crâne, il contemple la ville. Dôme d’or et vasques de cendres. Lointain poudreux dans un repli d’azur. De la vallée de Josaphat au mont du Mépris, le regard compte les cryptes, les sépulcres, les mausolées. Tout est tombeaux, sang brûlé, huiles répandues. Un vol de corbeaux guide l’œil par-dessus les chantiers babyloniens de la ceinture de béton et des axes de contournement, avec leurs ponts surélevés et leurs tunnels reliant les nouvelles cités pionnières à travers le damier d’enclaves des vieilles localités arabes. Tout se mêle à la pierraille indistincte au-delà, dans les méandres poudreux de la route de Jéricho et vers les monts du Moab aux mues grises. On distingue aussi, fond de scène éternel, le mirage d’acier de la mer Morte et les figures obstinées du désert.

En quête d'une issue, il est redescendu jusqu'à l'enseigne de la Vierge. Un balisage marqué de l'inscription *To the wall* l'oriente vaguement. Cette fois, entre la porte Double et la tombe d'un roi, il comprend son erreur. C'est d'un pas plus assuré qu'il contourne le Dôme du Rocher, l'église du Saint-Sépulcre et le Mur Occidental, pour s'enfoncer enfin dans les souks où vont par couples des soldats apathiques aux nuques rases. En bas de la porte d'Hérode, après la fontaine et le vieil escalier, il recouvre le sens et déplie le chiffon de papier sur lequel Omar avait griffonné une adresse.

Remontant la rue tranquille d'Isawiya, au nord de Ras el Amud, il remarque quantité de chats maigres. L'un d'eux, roux et blanc, lèche un os de mouton sur un journal déplié. Le mot *guerre* s'étale, noyé de graisse, entre ses pattes. Dans un angle, en retrait de la chaussée, la façade d'une bâtisse de briques et de bois affiche un calicot fraîchement peint – VENTE ET RÉPARATION DE MACHINES À COUDRE ET À BRODER – en fronton d'une boutique délabrée du rez-de-chaussée.

L'homme qui le réceptionne, en blouse et lorgnons, la cravate serrée sur un col jaunâtre, montre vite un empressement affolé.

— Ah, c'est vous, Cham ! murmure-t-il après un coup d'œil derrière la vitre.

Promptement, il le laisse entrer en balayant la rue du regard. Une fois sa porte close, grille cadenassée en sus, il l'entraîne dans l'atelier où s'entassent des carcasses de machines Singer au milieu d'étagères de fer surchargées de pièces détachées. L'homme enfile aussitôt des gants de chirurgien. Les mains levées, il demande à son visiteur de se mettre en chemise. Ce dernier s'en étonne et sourit :

— *Hal anta toubib ?*

— *La ana !* se défend le réparateur de machines à coudre, d'un air à la fois consterné et réjoui. Personne ne t'a suivi, j'espère ?

Soupçonneux, il se dirige à reculons jusqu'au réfrigérateur fissuré de rouille, dans l'angle d'un coin-cuisine au lavabo crasseux. Il en sort une toile cirée sommairement pliée d'où manque s'échapper une gaine de plastique opalescente serrant un chapelet de bâtons verdâtres hérissés de fils électriques.

— Aucun risque sans allumeur ! dit-il en rattrapant la ceinture d'explosifs. Je vais l'installer tout de suite, comme prévu. C'est du matériel sérieux, venu tout droit de Syrie. Une fois ma porte franchie, tu m'oublieras, quoi qu'il arrive. Et méfie-toi, tu es bien trop typé arabe ! Évite les patrouilles, certaines sont équipées de détecteurs électroniques au polymère. Dans tous les cas, actionne au plus tôt le détonateur et tâche de faire un beau massacre. Moi je n'ai pas d'ennemi, frère ! Je pars me planquer en attendant l'explosion. *Al hamdoulillah !* Que la paix te vienne ! Devant Dieu, tu pourras te souvenir de moi sans problèmes…

12

Dans un autobus emprunté au hasard, avenue Jéricho, entre la grotte de Jérémie et le musée Rockefeller, après une déambulation terrifiée le long des remparts, il s'efforce de maîtriser son souffle au milieu de touristes et d'une classe d'enfants revenue d'excursion. L'épaisse illusion d'être ne mérite aucun trouble. La buée sur la vitre cache le vide du ciel.

Le mécanisme est désormais opérationnel ; il ne lui reste plus qu'à l'activer. Un fil traverse la doublure de son blouson. Il tient au creux de la paume un minuscule boîtier muni d'une sorte de commutateur. À lui d'éteindre toute lumière. Disparaître est la chance du néant. Il observe les passagers massés autour de lui, leur relative prospérité, les sourires étirés des femmes, l'air obtus des hommes plongés dans leur journal. Un malaise somnolent se dégage de cette promiscuité. Dans le balancement léger des suspensions, les têtes branlent un peu, comme pour acquiescer à la bénignité de l'heure. Quelques paroles s'échangent sur les longueurs du beau temps. Un prêtre à soutane photographie au passage la porte de Damascus. Deux étudiants raillent un professeur. “Des fois, il se prend pour Einstein, dit l'un. —

C'est relatif ! lance l'autre. — Une relativité des plus restreinte", conclut le premier. Un vieillard à kippa prend à partie une sœur à cornette qui rêvait tout haut de concorde. "Vous verrez, affirme-t-il, le Hezbollah n'hésitera pas à employer ses armes secrètes !"

Le bus s'arrête à la station Porte-Nouvelle. Une jeune femme descend, un peu vacillante sur ses talons aiguille. Un couple monte, un instant désuni. La fille a une peau moirée d'un noir profond ; le garçon l'enlace à nouveau, les yeux noyés. Est-ce le moment d'éteindre, de faire la nuit à jamais ? Dans le fond du bus, les enfants partent à chanter. Une des accompagnatrices, la plus juvénile, ne peut s'empêcher de faire chorus :

Yerushalayim, Yerushalayim !
Hairi panayich livneych
Yerushalayim, Yerushalayim !
Meychorvotayich evneich

Maintenue par des bandes adhésives, la large ceinture caoutchouteuse colle à sa chemise. La sueur perle dans son dos. Il effleure du revers de l'index la pression du détonateur. Un soleil de mort explosera au centre, sourd et aveugle, mêlant la chair au fer, déchirant les visages et les ventres, laissant tout autour déborder les cris, le feu, le sang. Mais le spectacle sera pour les survivants. "Il ne se passera rien, on se réveille ou pas", lui assurait le fils du forgeron. "Récite la *chahada* et explose-toi sans attendre", conseillait de son côté Omar. L'au-delà est ici pour l'âme errante. Une femme se lève, un nourrisson à peine né au creux des bras. Le petit être le dévisage d'un œil bleuâtre tout juste sorti des limbes. Faut-il lui souffler la formule sacrée dans l'oreille droite avant l'arrêt sur image ?

Radieuse, la mère est descendue sans autre adieu. Lui aussi quitte le bus, avec un soulagement infini. Rien n'a donc eu lieu encore. Derrière lui, le chœur criard s'estompe :

Yerushalayim, Yerushalayim !
Meychorvotayich evneich

La tête vibrante d'échos, il s'engage avec un flegme simulé dans l'avenue de Jaffa. À l'angle de la rue Mélisande, il hésite une longue minute sur l'endroit où mettre un point final à ses atermoiements. Cette fois résolu, il traverse la chaussée, l'esprit à cran, jusqu'à l'immeuble du bureau du tourisme où se croisent et affluent, en cette fin d'après-midi, les multitudes revenues de la vieille ville ou des quartiers orthodoxes de Bet Yisrael et de Mea Shearim.

Campé là dans la foule, il compte les secondes, férocement attentif aux passants qui l'effleurent dans une danse ralentie. Mille gestes l'entourent. La statue de l'instant se construit et se déconstruit. Un simple corps, libre, fragile, en talons hauts sur une arête de granite, cherche l'équilibre, un corps de femme exposé, chevilles tremblantes sur une jambe. Quelle folie explique la verticalité ? La jambe plie, le buste s'incline, les bras s'étirent. Des seins bougent, des chevelures. Langage perdu des mains, du ventre, des pieds, des cuisses. D'autres silhouettes se précisent, couples amoureux, âmes solitaires, cohortes à demi voilées – houle de formes élastiques dans l'épreuve sans mystère de la pesanteur. Du fond de la mémoire, s'agitent les statues, les cariatides... Rien n'a jamais eu lieu. Adieu Falastìn, pour toujours adieu ! Pourquoi s'émouvoir du tourbillon d'une robe ou d'une main pensive qui s'élève avec une lenteur rêvée ? Un ongle va détruire l'univers. Sous l'index vibrent mille éternités de silence et d'oubli. Poussières dans la vaste clarté ! On détache de soi des cheveux de cadavre, des queues de comètes. Le sang blesse de pourpre le soleil. Qu'est-ce qui meurt au bout des doigts ? Quelle guerre vide l'espace ailleurs ? Un corps ici ou là existe, cesse d'exister. Lire au ciel les cendres qui retombent. Douceur de l'oubli, phalanges sur un visage. Boire l'absence enfin cruellement, mâchoires et gorge distendues, boire l'espace entier...

Quelqu'un, une fille rousse en jeans, s'est détaché du flot humain et l'appelle derrière un frisson d'air ou d'eau vive.

—Cham ! Cham !

Blême, il lâche le boîtier coincé dans sa poche et tend les bras sans comprendre.

— C'est toi, Cham ? s'exclame la fille en l'embrassant. On a tenté de te joindre, tu sais…

Il la contemple d'un air ahuri, comme l'endormi qui cille sur ses veilles.

— Sabrina…, murmure-t-il.

— Je suis désolé pour ton frère, j'aurais pu l'aider, nous aurions tous pu. Mais il nous rejetait. Il ne supportait pas notre pitié. Pourtant il aurait pu s'en sortir, sa peinture commençait à vraiment intéresser. Après son internement avec les faux messies de l'hôpital de Kfar Shaul, Michael est retourné seul dans sa cabane…

— Michael ? s'écrie-t-il.

— Comment, tu ne savais pas ? s'inquiète la jeune femme qui finit par remarquer la sueur sur son front et son extrême pâleur.

Une main sur le cœur, Cham a tourné les talons. Il s'est précipité sans un mot en direction de la vieille ville. Dans sa course malaisée, les voiles déchirés du temps fouettent sa mémoire. Un point au côté, il râle un peu et ralentit le pas, suffoqué par son corset de mort. Une patrouille de police considère sans réagir son allure entravée. À tout instant, la vie s'arrête au bord des lèvres. Il n'a pas laissé la fille rousse achever sa phrase. Il ne veut pas croire ce qu'il sait depuis toujours.

Cham contourne la citadelle et les remparts, au-delà de la porte de Sion et du tombeau de David. Déjà sur la Route d'Hébron, il se souvient du faubourg arabe où s'était réfugié son frère. Juste avant sa dépression, Michael avait fui son bel atelier en face de l'église abyssine. Le dôme d'or de la mosquée d'Omar scintille au soleil couchant. Cham, pas après pas, revient à lui avec une sensation cotonneuse d'épouvante. L'étreinte immonde autour de ses flancs, il n'en a pas reconsidéré la nature. Il sait seulement que l'Abîme du chaos s'ouvre sous le Puits des âmes, et qu'un ange colossal a voulu retenir à terre le rocher du Prophète dans son envol.

Une mélopée arabe, lente comme une agonie, suinte d'un immeuble pourrissant aux fenêtres parées de flottantes lessives. Des enfants jouent dans une carcasse de voiture. Deux jeunes femmes enveloppées d'un bouillon de mousseline rose lui sourient avec une mystérieuse félicité. Un ancêtre tout de guingois sur sa canne, portant un fez à gland, devance d'une coudée son épouse aux dents baguées et à la face tatouée. Après les derniers blocs d'immeubles bruissants de lasses sonorités ménagères, Cham traverse des terrains vagues, des ponts de bois jetés sur d'immenses tranchées au creux desquels manœuvrent les bulldozers, des routes endiguées de blocs de béton, des chemins déserts sinuant entre d'anciennes fabriques, des hangars béants, des bâtisses rasées ou tout encloses de barbelés. Au-delà encore, l'horizon s'ouvre. L'échiquier des jardinets s'étend, avec un vrai cheval dans un enclos, quelque coupole crénelée en guise de reine, une tour funéraire au loin. Arpents de vignes, conifères et clôtures de câpriers tressent les couleurs du spectre dans une perspective ouatée.

Cham reconnaît le sentier de terre battue avec sa baraque en butoir. Tout autour, un champ d'oliviers palpite dans la lumière déclinante. Une pierre en forme de crâne bloque la porte de planches. Avant qu'il n'ait pu ouvrir, un vieil homme édenté surgit d'entre les branches et s'approche, un agneau dans les bras. Noué d'une cordelette de lin, son keffieh retombe en ondoyant sur l'ample djellaba.

— *As salam alikoum*, dit-il. Je te vends mon agneau, je te l'égorge devant toi si tu veux.

— *Wa alikoum salam*, répond Cham en lui donnant la poignée de shekels qui lui reste.

L'Arabe a posé l'animal à terre et s'est esquivé entre les oliviers. Dans la cabane ouverte, Cham considère les clous plantés sur les murs bitumés de crasse, la chaise de paille désarticulée et la table bancale sur laquelle s'empilent des pinceaux et des tubes, le chevalet de bois brut devant la fenêtre aux carreaux étoilés de fils d'araignée, le coffre de marin aux arceaux de fer dans un coin, le sommier de fer au matelas sûrement volé.

Il s'assied prudemment face aux collines. L'intérieur de la cabane reçoit de plein fouet la lumière cuivrée du couchant par les vitres et la porte. Ébloui, il croit distinguer d'étincelantes constructions dans le marbre des nues, *comme une montagne enneigée resplendissant au soleil*. Absurdement, il se dit que Michael aurait vécu s'il avait pu la rencontrer, s'il avait connu Falastìn.

Le détonateur dans la main gauche, Cham voudrait retenir ses larmes. Au moment d'appuyer, la tête bleutée de l'agneau apparaît dans l'embrasure. L'animal bêle, cabriole et s'enfuit, à la recherche du berger. Au-dessus de l'oliveraie tremblote une étoile. Un chant d'alouette s'essouffle dans l'azur ténébreux. D'autres bruits languissent après l'appel solitaire du muezzin. Le silence est maintenant achevé. Il n'y a plus âme qui vive.

Du même auteur :

ROMANS ET RÉCITS

Un rêve de glace, Albin Michel, 1974 ; Zulma, 2006.
La Cène, Albin Michel, 1975 ; Zulma, 2005.
Les Grands Pays muets, Albin Michel, 1978.
Armelle ou l'Éternel retour, Puyraimond, 1979 ; Le Castor astral, 1989.
Les Derniers Jours d'un homme heureux, Albin Michel, 1980.
Les Effrois, Albin Michel, 1983.
La Ville sans miroir, Albin Michel, 1984.
Perdus dans un profond sommeil, Albin Michel, 1986.
Le Visiteur aux gants de soie, Albin Michel, 1988.
Oholiba des songes, La Table Ronde, 1989 ; Zulma, 2007.
L'Âme de Buridan, Zulma, 1992 ; Mille et une nuits, 2000.
Le Chevalier Alouette, Éditions de l'Aube, 1992 ; Fayard, 2001.
Meurtre sur l'île des marins fidèles, Zulma, 1994.
Le Bleu du temps, Zulma, 1995.
La Condition magique, Zulma, 1997 (Grand Prix du roman de la SGDL).
L'Univers, Zulma, 1999 et 2009 ; Pocket, 2003.
La Vitesse de la lumière, Fayard, 2001.
La Vie ordinaire d'un amateur de tombeaux, Éditions du Rocher, 2004.
Le Ventriloque amoureux, Zulma, 2003.
La Double Conversion d'Al-Mostancir, Fayard, 2003.
La culture de l'hystérie n'est pas une spécialité horticole, Fayard, 2004.
Le Camp du bandit mauresque, Fayard, 2005.
Palestine, Zulma, 2007 ; Le Livre de Poche, 2009 (Prix des cinq continents de la Francophonie 2008).
Géométrie d'un rêve, Zulma, 2009

NOUVELLES

La Rose de Damoclès, Albin Michel, 1982.
Le Secret de l'immortalité, Critérion, 1991 ; Mille et une nuits, 2003 (Prix Maupassant).
L'Ami argentin, Dumerchez, 1994.
La Falaise de sable, Éditions du Rocher, 1997.
Les Indes de la mémoire, L'Étoile des limites, 1999.
Mirabilia, Fayard, 1999 (prix Renaissance de la nouvelle).

Quelque part dans la voie lactée, Fayard, 2002.
La Belle Rémoise, Dumerchez, 2001 ; Zulma, 2004.

Essais

Michel Fardoulis-Lagrange et les évidences occultes, Présence, 1979.
Michel Haddad, 1943/1979, Le Point d'être, 1981.
Julien Gracq, la forme d'une vie, Le Castor astral, 1986 ; Zulma, 2004.
Saintes-Beuveries, José Corti, 1991.
Gabriel García Márquez, Marval, 1993.
Les Danses photographiées, Armand Colin, 1994.
René Magritte, Hazan, coll. « Les Chefs-d'œuvre », 1996.
Du visage et autres abîmes, Zulma, 1999.
Le Jardin des peintres, Hazan, 2000.
Les Scaphandriers de la rosée, Fayard, 2000.
Théorie de l'espoir (à propos des ateliers d'écriture), Dumerchez, 2001.
Le Cimetière des poètes, Éditions du Rocher, 2002.
Le Nouveau Magasin d'écriture, Zulma, 2006.
Le Nouveau Nouveau Magasin d'écriture, Zulma, 2007.

Théâtre

Kronos et les marionnettes, Dumerchez, 1991.
Tout un printemps rempli de jacinthes, Dumerchez, 1993.
Le Rat et le Cygne, Dumerchez, 1995.
Visite au musée du temps, Dumerchez, 1996.

Poèmes

Le Charnier déductif, Debresse, 1968.
Retour d'Icare ailé d'abîme, Thot, 1983.
Clair venin du temps, Dumerchez, 1990.
Crânes et Jardins, Dumerchez, 1994.
Les Larmes d'Héraclite, Encrages, 1996.
Le Testament de Narcisse, Dumerchez, 1997.
Une rumeur d'immortalité, Dumerchez, 2000.
Le Regard et l'Obstacle, Rencontres, 2001 (en regard du peintre Eugène van Lamswerde).
Petits sortilèges des amants, Zulma, 2001.
Ombre limite, L'Inventaire, 2001.
Oxyde de réduction, Dumerchez, 2008.

www.livredepoche.com

- le **catalogue** en ligne et les dernières parutions
- des **suggestions de lecture** par des libraires
- une **actualité éditoriale permanente** : interviews d'auteurs, extraits audio et vidéo, dépêches…
- **votre carnet de lecture** personnalisable
- des **espaces professionnels** dédiés aux journalistes, aux enseignants et aux documentalistes

Composition réalisée par Asiatype

Achevé d'imprimer en novembre 2009 en France par

La Flèche (Sarthe).
N° d'imprimeur : 55305
Dépôt légal 1re publication : août 2009
Édition 3 : novembre 2009
LIBRAIRIE Générale Française – 31, rue de Fleurus
75278 Paris cedex 06

31/2444/3